李献堂作品集

李献堂 著

中国文联出版社
http://www.clapnet.cn

图书在版编目（CIP）数据

李献堂作品集 / 李献堂著 . — 北京 : 中国文联出版社，2017.5（2025.4 重印）

ISBN 978-7-5190-2753-7

Ⅰ . ①李… Ⅱ . ①李… Ⅲ . ①中国文学—当代文学—作品综合集Ⅳ . ① I217.2

中国版本图书馆 CIP 数据核字 (2017) 第 123445 号

李献堂作品集

著　　者：李献堂

出 版 人：朱　庆
终 审 人：金　文　　　复 审 人：王　军
责任编辑：郭　锋　　　责任校对：王洪强
封面设计：凤凰树文化　　　责任印制：陈　晨

出版发行：中国文联出版社
地　　址：北京市朝阳区农展馆南里 10 号，100125
电　　话：010-85923033（咨询）85923000（编务）85923020（邮购）
传　　真：010-85923000（总编室）　010-85923020（发行部）
网　　址：http://www.clapnet.cn　　http://www.claplus.cn
E-mail：clap@clapnet.cn　　guof@clapnet.cn

印　　刷：三河市宏顺兴印刷有限公司
装　　订：三河市宏顺兴印刷有限公司
法律顾问：北京天驰君泰律师事务所徐波律师
本书如有破损、缺页、装订错误，请与本社联系调换

开　　本：880 × 1230　　1/32
字　　数：144 千字　　印　张：6.25
版　　次：2017 年 7 月第 1 版　　印　次：2025 年 4 月第 4 次印刷
书　　号：ISBN 978-7-5190-2753-7
定　　价：38.00 元

目　录

第一辑　动物趣事

第二辑　校园故事五则

第三辑 村里的人

村里的人（第一篇）

村里的人（第二篇）

村里的人（第三篇）

第一辑　动物趣事

老鼠吃猫

“这个该死的猫，天天喵喵，没完没了地嚎嚎，该死的猫。”

“老大，生气有什么用啊？它是猫，咱也拿它没有办法。”

猫天天喵喵，天天嚎嚎给洞里的老鼠打击特别大，让老鼠胆战心惊、神飞魂散，不敢出窝。鼠老大对猫畏惧三分，只能唉声叹气，想不出对付的办法。有一天，鼠老三沉不住气了，认为就是死也得搏一下子，不能白白地待在这儿等死！就非常生气地说：“生气？饿死？我……我……我生气？我要气死它，饿死它，那个该死的猫！”鼠老三安排鼠老大留下来，因为鼠老大年纪大了，鼠老三说它和鼠老二出去找吃的。鼠老大同意了，不过还是有点担心，就为鼠老三鼠老二祷告、树信心，鼠老大觉得，就凭它兄弟俩那机灵劲儿，猫一定撵不上它们，它俩一定会凯旋的。

鼠老二和鼠老三从洞里出去了，偷偷摸摸、鬼鬼祟祟、一伸一出、胆战心惊的，还东张西望，生怕出一点意外。这时候“喵——”叫了一声。鼠老二和鼠老三听见叫声，刺溜一惊，又缩进洞里去了。可是，猫只是站在原来的地方叫一声，鼠老二和鼠老三却吓得不轻，但只是虚惊一场。兄弟俩又一次出了洞。猫还是一直站在原地，没有动，“喵，喵，喵……”就是一个劲儿地叫。鼠老二和鼠老三慢慢地从惊慌中缓了过来，微微透出一点喜气，这才大摇大摆、自由自在、毫无顾忌，不仅驮走了面，弄走了面包，还抄走了牛奶，然后幸灾乐祸回了洞。鼠老二和鼠老三非常不能理解，从猫身边弄走了那么多的东西，猫不闻不问。鼠老二和鼠老三不得不求教鼠老大，认为鼠老大见多识广，一定知道猫是怎么想的。“看看，我出去看看，看看到底是咋回事。”鼠老大也百思不得其解，只好走出洞，去了洞外，想看个究竟。

鼠老大蹑手蹑脚来到猫跟前。猫喵喵叫，对鼠老大的到来不仅不理不睬，还毫无防戒之心。“它是瞎猫，它是瞎猫，咱们要发财了，老二老三，搬东西，把东西全搬走，我弄死那个该死的猫。”鼠老大欣喜若狂、连蹦带跳、疯狂发狠，说那只猫是瞎猫。鼠老大终于扑向了猫，与猫猛撕猛打，并大叫着要吃掉它，说这个该死的猫，天天喵喵，在这儿穷喊，吓得它们差一点没有饿死，一定弄死这个猫，吃掉这个该死的猫。

鼠老大的所作所为，猫听得一清二楚。猫突然睁开眼睛，“哇——”一下，粗野、凶猛嚎叫，两只尖利的前爪死死地按住了鼠老大，大喊：“花猫，黑猫，白猫，都听好了，把住洞口，把好门口，一个也不放它们走。”

这则故事告诉我们做事之前一定要三思后行，明白自己的对手到底是谁。

鼠猫同床

花猫生了三个儿子：大儿子叫猫老大，机灵、勇猛，就是年龄大了；二儿子叫鼠老二，年轻、活泼，就是耳朵聋，什么也听不见；三儿子叫猪老三，只是眼睛看不着东西。

这几天花猫的三个儿子一直没有逮到老鼠，饿得实在撑不住了，这一晚就早早铺了床，准备睡觉。它们还和往常一样睡在一张床上。猫老大自己睡一头，鼠老二和猪老三睡在另一头。它们才刚刚躺下，猫老大就说话了："鼠老二，听说夜里有大风，睡觉留点心，机灵点。"猫老大安排了老二和老三，还是放心不下，总是回忆几天来发生过的那些事情，因为每次睡到半夜，主人总是把它们叫醒，让它们起来逮老鼠。兄弟仨从来到这个主人家以后，几乎没有睡过一夜踏实觉。

猫老大说话的声音很快传到了洞里。老鼠听见洞外的说话声，鼠老大就左瞧右看出了洞，当发现一切正常，并没有动静，便又回到洞里，叫醒正在睡觉的老二和老三。

要说老鼠，老鼠妈妈是个秃尾巴，这一窝就生了仨儿子，大儿子叫鼠老大，二儿子叫鼠老二，三儿子叫猪老三。花猫的三个儿子和秃尾巴老鼠妈妈生的三个儿子，这其中的鼠老二和猪老三名字巧合得不能再巧合了，况且也都有听不见、看不着东西的特点。

秃尾巴老鼠妈妈的三个儿子偷偷摸摸来到洞外，站在花猫的三个儿子床前，观察一阵子，发现没有任何可疑现象，就大摇大摆又吃又喝。秃尾巴老鼠妈妈三个儿子吃饱喝足，快乐无比、轻松自在就忘乎所以没有回洞，睡在了主人的那张床上。鼠老大睡在猫老大睡觉的那头。鼠老二和猪老三睡在另一头。

半夜刮起了大风，屋里屋外到处都是响声，睡梦中的猫老大又是以为主人喊它们逮老鼠，就不紧不慢、伸了伸懒腰，揉了揉眼睛，很不情愿地用脚轻轻地蹬了蹬正在熟睡中的鼠老二和猪老三。这时候，猫老大感到奇怪、莫名其妙，心想：哎？

这就奇了怪了，被窝里乱七八糟、毛茸茸的：一只脚、两只脚、三只脚……咦，咋这么多脚呢？猫老大忽然大叫：“呀！呀！呀！呀呀，呀！——老——鼠，老，老——鼠……老鼠，老鼠……”猫老大掀开被窝一看，床上睡着三只老鼠。猫老大哪敢怠慢，忽然大喊，让鼠老二和猪老三赶快逮老鼠。

鼠老大听见喊声，一骨碌爬起来，看见一只猫站在身边，可吓坏了，拔腿就跑，一边跑一边撒着尿，还一边喊，“鼠老二，快起来跑吧，拽住你的弟弟猪老三。”

猪老三听见猫老大叫逮老鼠，腾地从床上跳起来，一脚把鼠老二踹醒。两只老鼠仍在憨憨大睡，没想到灾难已经临头。

我们有时也能在同一圈子里发现一些同名同姓的人，或姓名相近者。当与他们交往时一定要说清问明，以免造成误会。

大象和蚂蚁

大象经过森林，看见一棵高大的树上爬满了蚂蚁。大象觉得奇怪，就问蚂蚁是什么东西，从哪儿来。蚂蚁非常自信，也非常不能理解大象的问话，它说几百万年以前就生活在这儿。大象说：“你们这么小，能干些什么呀？”大象瞧不起蚂蚁，蚂蚁听出来也看出来了，就回答说：“我们会预报天气，预报天气是我们的特殊功能。我们还可以杀死比我们大几百万倍的动物。”大象将信将疑，但也有三分害怕。大象说蚂蚁吹牛，要它说说三天后是什么天气，如果说对了就相信蚂蚁说的才是真的。蚂蚁说三天后会下一场很大很大的雨，还有冰雹。大象为了为难蚂蚁，它还说如果蚂蚁能把它杀死，以后叫它干什么它干什么。大象知道蚂蚁是吹牛，杀不死它才这么说。

三天以后，天上果然乌云密布，下起了大雨，冰雹砸得树枝噼里啪啦乱响。大象只好躲进了木棚里。大象一觉醒来，身上爬满了蚂蚁，吓坏了，哭天叫地，在地上连连翻滚。大象发出长吼，招来很多的小象。那些小象伸出长长的鼻子，想把大象身上的蚂蚁杀死。然而，那些小象的鼻子上又爬满了蚂蚁。“疼死我了。”“蚂蚁爷爷，饶了我吧！”所有小象都嗷嗷乱叫，疼痛难忍、瘙痒难耐，发出苦苦哀求。大象彻底服输了，小象也得到了应有的惩罚。

大象不得不离开森林，又跋山涉水、千辛万苦来到沙漠。然而，让大象最不愿意看到的蚂蚁，再一次出现在眼前。大象来到蚂蚁面前，跪着说它几个月前已经承认了错误，为什么还追着不放。沙漠里的蚂蚁感到莫名其妙，它们说自己就是这沙漠里的主人。大象还是不相信。结果，大象就按照蚂蚁的说法，和蚂蚁一块，它们来到农村，角角落落到处有蚂蚁；它们来到学校，看到蚂蚁在紧张地工作；政府里，蚂蚁在慌张着搬家；它们来到工厂里，遍地的腥味，满地的牛粪，到处的鸡粪，到处的污水废纸上蚂蚁在跳舞、在唱歌……大象非常惭愧地低下了头，原来天底下也有蚂蚁生存的地方。大象感慨地说：“蚂蚁老弟，你们太了不起了，依我看，你们不仅能先知未来，还能破案呢！”

所以，不要小看任何人，每个人、每个群体都有他存在的意义，有时更是这个世界不可或缺的。

狐狸和老鹰

有一年夏天，一只狐狸还和往常一样在森林里寻吃的。那是一片很大很大的森林，向上看，瞅不见天，也瞅不见日月，乌黑乌黑，天天云遮雾绕的；脚下看不见土地，茂密的林荫下长满了野草幼树。这一天，一只饥饿难忍的老鹰守在树上，因为老鹰两天多没有吃到一顿饱餐，只能等待，等待癞蛤蟆、耗子、蝙蝠和很小的野鸡，希望它们这些小东西能够出现在眼前。一只狐狸窜来窜去，在不停奔跑，结果被老鹰发现了。

老鹰就跟在狐狸后边飞，从这棵树飞到那棵树上，从这个树杈飞到那个树杈上，树枝与树枝成了它追随狐狸的依靠。老鹰突然展开翅膀，慢慢跃起锋利的两爪，然后小心着一点一点向下飞，徐徐降下沉重的身躯，一个俯冲，向狐狸抓去。就在这千钧一发的时刻，狐狸腾一下跑了，老鹰扑了个空。老鹰没有逮住狐狸，就决定站在树上等，一直等，不厌其烦，饿着肚子，因为它知道狐狸就待在树下这个窝里。

几个小时过去了，一天过去了，老鹰都快等两天了，狐狸还是没有露头，老鹰饥饿疲惫，实在是撑不下去了，况且平时能够抓到的癞蛤蟆、耗子、小野鸡现在也碰不着了。老鹰晕头转向，没精打采。老鹰决定放弃，不在这树上等狐狸了，准备去别处找点吃的。这时候，突然，狐狸露出了尾巴，尾巴一点一点向洞外伸了出来，老鹰看到狐狸尾巴高兴坏了，就不顾一切从松树上跳了下去，直冲尾巴扑……逮着了，老鹰逮着狐狸了，拖住狐狸尾巴向上飞，飞，一个劲儿飞，越飞越高，最后终于飞不动了，坠落了下来……

原来，老鹰叼去的不是狐狸尾巴，是一条缠有碎铁丝的稻草绳。老鹰嘴被碎铁丝卡住了，很快咽了气，从空中坠落了下来，摔死了。

遇到问题要多方面思考，不能钻牛角尖，在一棵树上吊死，应懂得变通。采取行动时也切不可鲁莽。

麻雀一家

一望无际的麦田，像大海的波涛一样一浪一浪翻滚着，毛茸茸的麦穗在微风中摇摆。小麻雀一口一口地啄，尽管那样也吃不到肚里多少东西，啄来啄去的实在太累了，麻雀妈妈既心痛、又可怜：这么小的孩子，啥时候能长大呀？麻雀妈妈眼看整块整块的麦田要收获回家了，到那个时候再想找到吃的东西也就难了，所以就特别着急。

麻雀妈妈领着小麻雀在天上巡视，突然，麻雀老三指着下边的一块地，让妈妈看。一台很大的收割机，轰隆轰隆正在收麦子，麻雀妈妈高兴极了，就安排麻雀老大守在这块田里。

麻雀妈妈又领着其他的小麻雀去天上巡视，下边有一块很大的麦田，几辆三轮车停靠在路边，上边装了满满的几车麦子。麻雀妈妈把麻雀老二留了下来，妈妈说：“一定看着这几辆车，一直跟着他们，看他们开到哪一家的仓库里。”而后麻雀妈妈又走了。

金黄的麦穗，隆隆的机器声，劳动人民的笑脸，给大地增添了无尽的风采，也给麻雀一家带来丰收后无比快乐的心情。

麻雀老三也是按照妈妈的安排，跟着另一家的麦车去了主人家。

下午收工的时间到了，麻雀妈妈就在天空盘旋着寻找三个孩子。一家很大的院子，高高的墙头，院子里有一台很大的收割机，麻雀妈妈断定麻雀老大就在这家院子里，因为院子里停有收割机。麻雀妈妈就小心翼翼担忧着飞向了那家主人家的墙头。麻雀妈妈惊呆了，腿立刻软了下去，原来麻雀老大的腿被绳子系着，还绑在一根棍子上。“我的天啊，我的老二，你怎么躺在地上，孩子啊，是妈妈害了你。”原来麻雀老二还不如麻雀老大的命运。麻雀妈妈大哭、大骂、大跳、狂飞。麻雀老三被关在笼子里了，看到了自己的妈妈，非常气愤，说：“你虽然是我的妈妈，但我却恨透了你。因为你不该让我到这家主人家来，我这么小小年纪，你就让我成家立业了。”

从那一年以后，即使是满山遍野成熟的庄稼季节来临，再也见不到麻雀来这儿飞来飞去寻找吃的。但是，也就从第二年的秋上起，每到秋庄稼播种以后，一直到快要收获的那些月份里，都会有很多很多的飞蛾遍布树叶上，很多很多的大青虫爬满青青的禾苗上，劳动人民再也没有办法对付了。

自然界生物间相依相存，如果人为打破这种平衡，往往是人类自己遭遇麻烦。

渔夫和乌龟

在很久很久以前，有一个渔夫，家里很穷，只能靠捕鱼过日子，这一天他还是和往常一样，带着雨具、干粮去河里捕鱼。

小河里野草和野花青青的香气，以及清澈透明的河水发出的一股一股鱼腥味飘然而来。渔夫来到河边，看着河水慢慢地流淌着，心里非常高兴。渔夫梳理了渔网就轻轻下了水。渔夫撒下了网，多么希望有好多好多鱼能收在网里，因为，以前这个时辰，只要撒下网，鱼儿就会在网下活蹦乱跳。渔夫撒了一网，又撒了一网，网网接连不断地撒，不厌其烦地撒，收了撒、撒了收，一直到太阳快要落山，也没有撒到一条鱼。渔夫失望极了，非常懊丧，非常苦恼。渔夫心里想：今儿是怎么回事呢，从吃了早饭来到这儿，都一天了，连鱼影儿也没见着。眼看天要黑，渔夫筐里没有一条鱼。渔夫又撒一网，想最后再碰一碰运气。忽然，渔夫发现一个很小的东西在网里爬动，原来是个小乌龟！渔夫高兴坏了。渔夫抖了网，又撒下去了一网，上百只小乌龟在网下爬动。但是，渔夫又有些害怕，赶紧收了网，回家了。

第二天，渔夫继续去捕鱼，又来到昨天撒乌龟的那个地方。渔夫正要张网撒鱼，却看到河对岸有一只很大的乌龟，张着大嘴，向渔夫游来。大乌龟说："渔夫，你赶快把我的孩子还给我，这样你才能得到你每天想要的东西。"渔夫十分紧张、犹豫、害怕，冲着河对面游来的大乌龟问："你的孩子？什么你的孩子？我不明白。"大乌龟说它的孩子都在渔夫的水缸里。渔夫相信了，因为，渔夫把昨天捕到的那些小乌龟的的确确就养在自己家的水缸里。

又过了一天，渔夫就按照大乌龟的说法，把那些小乌龟撒进了河里。从此，每当渔夫在河里捕鱼时总看见一群活蹦乱跳的光屁股娃娃，他们在那里戏耍，在那里吵闹，为渔夫捡鱼，为渔夫收网。

"网开一面"，给人以恩惠，也会收到相应的回报。

青蛙闹秋收

有一年，眼看庄稼获得大丰收，然而，就在这个节骨眼上，不知从哪儿来了那么多青蛙，把庄稼糟蹋得不成样子，农民十分绝望。

“兄弟们，报仇的时候到了。”青蛙首领一边说着一边指挥着，后边还跟着成群结队的青蛙。农民有个流行了数千年的说法：“青蛙吃害虫”。眼前这些青蛙并不吃害虫。它们一蹦二三尺高，挨个把玉米棵砸倒，把豆棵盘瘫，芝麻棵也被压歪，大片大片的庄稼田眼看要被糟蹋完。到手的粮食、到嘴的饭就这样要颗粒不收，甭提农民心里多难过了。怎么办呢？生产队长愁眉苦脸，心里想：到底是谁得罪了这些天神呢？农民也非常反感，都埋怨，说这是那些有钱人嘴馋造成的后果，吃，吃，吃，就知道吃，鸡鱼大肉都吃腻了，现在一个一个歪着点子、变着法子，吃鱼翅，吃鸡爪子，吃青蛙大腿，说不定哪一天还会喝人血呢！现在满地都是青蛙，他们咋又都不敢吃了？

有一天，队长召开群众会，说现在的人啊，不见棺材不掉泪，青蛙就在你们眼前，就在你们家的田间地头，吃啊！都去吃个够啊！总有一天呀，青蛙、鳄鱼、老鹰、野山鸡会把那些嘴馋的人脑袋吃掉！

人们往往只顾及自己的口腹之欲，滥捕乱杀。最终受到惩罚的也只能是人类自己。

老虎和狐狸

老虎想吃掉狐狸，一时又找不到充分的理由，一来怕在百兽面前受责怪，二来被认为以大欺小、以强欺弱，所以一直就没有敢轻易下手。

有一天，老虎找到了一片杂草丛生、非常僻静的地方，等待着狐狸从这儿过。因为以前狐狸从这儿经过。不过，狐狸很早就看透了老虎的心思。下午，狐狸来了，老虎没有白在这儿等啊！很快就会如愿以偿了，再说老虎也感觉有些饿了。老虎想吃狐狸肉，它也不是不讲道理，是狐狸自己送上门的，怪不得老虎呀！所以老虎有无法辩驳的事实，就是在百兽面前也有话说。老虎就慢慢从草丛里爬过去，不让有一点声响，向狐狸靠近……“我要死了，我要死了……”狐狸蹦着跳着吆喝说它要死了。老虎忽然停止了爬动，因为狐狸快要死了，老虎为什么还要冒这个风险呢？再说以后又遭百兽唾骂。老虎就跟在狐狸后边，等着狐狸死了以后再吃掉狐狸。

“我要死了，我要死了……”

狐狸蹦跶着说它要死了，吆喝着一直往前走。老虎一直跟着等着狐狸死，等死了以后再吃掉狐狸。狐狸经过一个深沟，用力一跃，“扑通”栽了下去，死了。狐狸死了，老虎逮了个现成的，不费吹灰之力。老虎就不紧不慢、稳稳当当、松不拉叽、一步一个脚印向狐狸走去。老虎去抓死了的狐狸，就那刹那间，狐狸猛一下九十度转身，飞一般跃起，撒腿就跑。老虎一看大事不好，到嘴的狐狸肉眼看成一身骚，就奋力去追，只听“扑通”一声，老虎掉进了陷阱里。

老虎毕竟就是老虎，兽中之王，即使掉在陷阱里也毫不畏惧，在陷阱里仍然大发神威，全然不知道它的死期快要到来了，发疯似的大骂：“狐狸，你个混蛋，你竟敢骗我，看我出去不吃掉你。”然而，狐狸站在高高的树上洋洋得意，说，“老虎啊老虎，你威风啥威风，该你威风的时候你威风，不该你威风的时候你还威风，现在你连只病猫也不如了，还那么高傲自大，你就等着猎人来收你的尸体吧！”

遇到问题不需慌乱，抓住问题的关键和破绽，便能设法解决。

喜鹊叫声

人们常把喜鹊视为吉祥物，说喜鹊“呱呱呱”叫，必有喜事到，所以喜鹊成了人间福神。

我不知道从什么时候起对喜鹊有一种特别讨厌的感觉，认为它并不是什么好鸟。主要讨厌喜鹊无休无止的“呱呱呱”“呱呱呱”的叫声灌入耳朵。

我去朋友那儿借钱的前几天，喜鹊就一直绕着我“呱呱呱”“呱呱呱”。它的叫声实在是让我太心烦了，我就拼命吆喝赶它走，其实我的费力毫无结果。起初我并没有太在意，只是后来事情没有办成，我便对喜鹊进行了一翻细致的观察，才得出一个我自己的结论。当时没有拿到钱，是喜鹊不让我把事情办成的吗？不是的，是我的运气不好。然而，在实际生活中人们又总是以“喜庆”“喜悦”说喜鹊是吉祥鸟，并不把喜鹊当成凶物。任凭喜鹊站在高高的杨树上，任凭喜鹊站在空阔的坟场里，任凭喜鹊拦截在公路上，任凭喜鹊叫嚷在农家小院里……或者说对它立足的位置、叫声没有办法，其实也的确就是没有办法。这倒让我想起了一些事情。

从某种角度上说，喜鹊有很多吉祥之处：不怕严寒，不怕酷暑，还能在暴风雨中飞进千家万户。说喜鹊是报信的先知鸟，这一点倒不为过。我曾认真地注意过喜鹊一段时间，不久前喜鹊站在王阿姨家门前的桐树上，“呱呱呱”地叫，后来，每天一到那个时间，喜鹊便三五成群地飞来，还是站在那棵桐树上，“呱呱呱”一阵子，而后就无影无踪了，一连半个多月，听说王阿姨的儿子没有考上大学。我并不相信只是喜鹊的叫声能把王阿姨儿子上大学的梦想叫得没影没踪，但我只是讨厌喜鹊的叫声。

喜鹊又站在恋恋家的杨树上开始“呱呱”了，天天“呱呱呱”“呱呱呱”，老是那个腔调，那两天刮着风，还下着不小的雨，喜鹊站在杨树尖上，迎着风叫。那一天，风停了，雨住了，太阳发出强烈的光芒，喜鹊便又站在恋恋家木棚上，不仅发出“呱呱呱”的叫声，还急切地叫，好像有意在告诉恋恋，她家会有意想不到的事情发生。果然，没有过几天，医院里传来一个不好的消息，说恋恋的儿子把人家的孩子打了，现在人家正在医院里抢救呢！

张大叔的腿残了，一辈子再不能正常走路，他的那两条腿是车祸落下的。先前几个月，喜鹊天天围着他家“呱呱”。张大叔一直运气不赖，总盼望这些喜鹊站满他家的每一棵树上，因为这是喜鹊，它的叫声会给家里带来喜庆。那一回他特别高兴，临出车前一两个小时，他就喝酒，他说喜鹊能给他带来好运，就不听老伴儿劝阻。他行驶在一段崎岖的山路上时，几只喜鹊站在一块岩石上“呱呱呱”地叫，张大叔看见了，是喜鹊拦在山路上，高兴得不得了，一手扶着方向盘，一手向喜鹊打着招呼，说老伙计，是你给我带来的好……话还没有说完，“咣当”——张大叔的车滚进了山窝。张大叔一趟生意赔了个底朝天，家里花了个精光。

我常常观察迎风狂号的喜鹊，不知道它们那么飞来飞去的为了什么，也不知道它们那么“呱呱呱”地叫又图的什么。喜欢喜鹊的人，也无非希望它们能带来好运。但我讨厌喜鹊，希望它们远离我，不要接近我。其实喜鹊并不随人意，它们不因哪一个人喜欢而去接近，也不因哪一个人讨厌而去疏远，否则喜鹊也就不是鸟类了，也就不会无缘无故地站在哪一家宅子上，或者坟地里，或者站在哪一家高高树梢上“呱呱”，给那些平安、祥和、温馨的人家带来一场灾祸。

鸟类和自然界的事物原本没有好坏之分，好和坏都是人为加上的。所以生活中遇到所谓的“吉兆”之类，当个好心情即可，不可迷信。

鲫鱼和鲇鱼拜关公

又是一年春节，一条条又肥又大的鲫鱼走进了千家万户，成了人们的年宴。只是我们鲇鱼，都傻乎乎、有气无力地躺在那儿，有的甩甩尾巴，有的动都不动，好像死了的样子。

今年腊月二十八、二十九这两天是鲇鱼最集中也是最热闹的时候。很多很多鱼贩子，把我们从湖北、安徽贩卖到全国各地。

我被贩卖到河南东部一个小小的集贸市场上。这里有一家鱼贩子，在他们家的门口旁边垒有一个很大的池子，里面盛满了水。虽说这是一个大池子，其实也没有我们老家那些池子大。老家人说那些池子是鱼塘。别管怎么说，还是老家好，老家太美了，一眼望不到边到处都是鱼塘。不过，老家就是没有这儿的人多。嘿！自从被贩卖到这儿，最让我们生气的就是那些鱼贩子，把我们弄得少皮没毛，少鳞没尾巴，有时候还血淋淋的。

我们老家鱼塘对面还有一个鱼塘，那里面不是我们这些鲇鱼，而是活蹦乱跳的鲫鱼。那是一天夜里，没有风，没有蛐蛐的虫叫声，静得很，多么美好的一个夜晚啊！忽然从对面的池塘里，发出一种很温柔的声音："喂！哎！鲇鱼，鲇鱼，听见没有？"我听见了，是鲫鱼在叫，黑灯瞎火的，四周瞎鬼也没有，我估计是在叫我。"哎！喂！是叫我吗？喂！鲫鱼，叫我啊？"我问，因为我似乎不敢肯定。鲫鱼告诉我，它说每年的这个时候，就会有大批的伙伴被运往全国各地，死的死、伤的伤，天气寒冷还好说，如果天气忽然温度升高，会有大批的伙伴被扔掉。这一次我们也难逃过这一劫。我和鲫鱼经过商量，子夜十二点，我们拜了关公：不在同年同月同日生，愿在同年同月同日死。因为也无非留个念想，为了下辈子还想做邻居，做兄弟。

腊月二十四日这天，突然北风怒吼，鹅毛大雪，冰冻三尺。从河南东部地区来了几十辆大卡车，开进我们湖北大大小小的鱼塘来了。但是，只因天寒地冻，无法破冰捞鱼，有些卡车装了很少很少鲫鱼，但更多的大卡车只能扫兴而回。我满以为能躲过这一灾，没有想到，腊月二十五、二十六两天，雪渐渐停了，天气慢慢好转，听那些贩卖鱼的人议论说市场上鲫鱼销售空前火爆。腊月二十七、二十八，就这两天时间，大大小小的车辆再一次涌到我们湖北来了，我们鲇鱼终于踏上了不归路。我也没有例外。

鲫鱼越来越少，鱼贩子像供神一样供着它们，售价特别高，也特别招顾客满意，一条二十几斤重的鲫鱼至少能卖二百多块钱。我们鲇鱼越来越多，水池盛不下了，鱼贩子就把我们扔在干燥肮脏的地板上、走廊里，越这样我们就越发感到太阳可气。最可恨的是那些买鱼的人，又揉又搓，又翻又撂，全不把我们当回事。

“大哥，虽然咱俩不是同一辆车来的，但咱是拜过关公的生死兄弟啊！我先一步了,来世咱俩还做好兄弟。”鲫鱼流着泪，非常无奈，要被一个穿着十分华丽的男人提走了，还系着腮。我看着鲫鱼伤心、无助的样子，我只能拼命挣扎，想告诉它，说我已经被压了十几个小时了，没有谁可怜可怜把我挑走，你被人买走，是交上好运了，卖个好价钱，我们这些鲇鱼都是按个头卖的，鱼贩子吆喝着一条三块钱，我们哪个没有十斤二十斤重的，无论按啥说也不能只值三块钱呀！

生活中总有些人难以抓住重点，抓住根本，如同这条鲇鱼，马上要面临绝境，计较的却是自己价值几何。

第二辑　校园故事五则

大头靴子

小学三年级语文课文——《“年”的来历》，是本册最后一篇讲读课文，这篇课文给我的启发最深，使我想起了童年。

每年过正月初一，全家都要排成“一”字形，先唱“东方红，太阳升，中国出了个毛泽东……”然后才能过五更吃饺子。

过不过五更是大人的事，吃、玩、穿才是我们小孩最关心的事。因为，甭管大人起不起床，我都睡不着觉，盼着过年，然后随村里孩子到处乱跑，去拾炮。为了能多拾些炮，只好半夜三更睡生产队草屋。有时候也整夜整夜或者半夜半夜熬着，听谁家放鞭炮。

睡草屋暖和得很，三间大屋子堆得满满的都是麦秸，或者秋季铡下来的玉米秸叶子。听见鞭炮响就什么也不顾了，一窝蜂往外跑。出了草屋就显得冷了，但都能顶得住。有一年过正月初一就扛不住了。

那年下了大雪，不少和我一般大的孩子脚都冻肿了。我算幸运，穿上爷爷给的大头靴子，跑来跑去。

要说起来爷爷给我的那双大头靴子，其实是双旧靴子。不过，靴子虽旧了点，也不是说谁都能穿得起。

那时候叔叔在外当兵，用省吃俭用节余下来的钱给爷爷买了大头靴子。后来爷爷就把靴子给了我。

每年到了数九寒天，村里那些孩子衣服补丁摞补丁，棉靴破烂得露着脚指头，都还是一天一天熬着。有时候就熬不过去了。等到雪融化了，棉靴湿透了，教室里天天就响起了“嘣嘣”的跺脚声。

我一直穿着那双大头靴子，因为先前两只脚每年都要冻得浮肿，即便是用紫茄棵煮水清洗，一天一天的还是红肿，后来就慢慢消了肿。

那双大头靴子，使我度过一个又一个正月初一，使我度过一个又一个漫长的冬天，使我度过了漫长的童年。

随社会发展，生活水平不断提高，爷爷给我的那双大头靴子再也找不到了。但是，我却常常想起爷爷，特别是数九寒冬，春节来临，那双牛皮的、暗红色的大头靴子总在我眼前晃动。

我给同学们讲书本里的故事，讲生活里的故事，让同学们去记，去写，因为那是一代一代人的缩影。我告诉学生们，一定要认认真真听老师讲课，努力去写，知识是一点一点积累的，是听、读、看和写出来的积累，不是买出来的积累。

小油灯

在我小时候，家里特别穷，不像现在，有自来水，有电灯、电话。

那时候不只是一家穷，两家穷，是全社会都穷。就是有些即使把孩子打扮得漂漂亮亮的人家，其实也只是相对而言，穷还是扛不过去的。

学校都开设有早自习课和晚自习课，老师也是天天陪学生看书、写字。虽说是在上课，有些学生呜哇呜哇念书，写作业，有些学生却什么也不会,不会还不知道学,就知道一个劲儿地玩。

老师最头疼晚自习课。满屋子都是小油灯，微微亮着光，很弱很弱。老师瞪着眼往后瞅，估摸着瞎吆喝，“不要说话，不要小声说话。”其实，瞅不了几张课桌远，只是吓唬吓唬。全班七八十、百十几个学生，几十盏小油灯，像星星一样。

上课时间还不足一半，油灯光亮就越来越暗了，但并不是说灯里的煤油快要烧完，只是烟气越来越浓，像砖窑场似的，从教室前后门口往外冒，一股股，气味熏天。

老师的煤油灯是用玻璃罩罩着的，亮得很。麻烦的是，老师的油灯越是光亮，眼睛越瞅不了多远。“谁在打呼噜？”老师虽然吆喝，打呼噜依旧。有的学生口水流得老长，袖口一块一块被渗透了。有的被同桌用胳膊拐醒，傻乎乎地装模作样，拿起书本，嘴里哼哼着。晚自习睡觉，甚至于出现一些千奇百怪的事情也习以为常。不过，熬一熬、撑一撑最多一个小时，或者几十分钟也就过去了。早自习就不好说了。每天到了凌晨四五点钟，学校大多数教室里的灯就亮了，有住校生、也有看校生，还有读早自习的。离学校老远就能听到呜哇呜哇的读书声。很多时候，天都老亮老亮了，屋里还点着灯，所有门口一股股黑烟往外出。数九寒冬是这样，炎热夏天也不例外。

跑操时间到了，口哨一响，学生一窝蜂跑出教室。学校操场特别大，全校几百名学生围着操场跑，一圈、两圈……由慢到快，有些学生跑不了几圈就撑不了了，累得喘着粗气，吭哧吭哧，大口大口吐痰，擤鼻涕，痰和鼻涕都成黑色的了。

现在，小油灯时代一去不复返了，全社会灯火通明，灯火辉煌。学校不再开设早自习课和晚自习课。然而，全社会的学生却过上了幸福、欢乐、愉快的生活。

责　任

猪睹从单杠上摔下来，被医院确诊为骨折，校方不愿接受赔偿要求，为此，猪睹父母向地方法院提起了诉讼。

学校认为有明确规定，说体育课按课时传授给学生体育知识和体育动作，任何学生在没有实施安全保护的情况下，不准私自跳远、跳高、跳木马，不准跨栏，不准拉单双杠等等。

猪睹父母说猪睹在学校摔伤，学校应该承担经济责任。为此猪睹的父母请来律师辩护，说校方进行一系列规定之后就不予承担赔偿责任，有违我国教育法有关规定。

一所学校，全校几个、几十个班级，几十、几百名学生，教师不可能处处跟学生身边。教师要授课，还要批改作业、备课，每分每秒把时间安排得都非常紧。校方不愿意担负部分经济赔偿自有他们的道理。

任何一件事或事故的发生与发展，都直接关系着单位的荣誉和名声。而作为家长，对提出的赔偿责任校方不愿承担的情况下，只能申诉到县中级人民法院，这样一来校长的自由权也就被限制了。

“猪睹同学是在吃过午饭，既没有老师在场，也没有学生保护的情况下，私自拉单杠产生的后果。”校方不得不向法院拿出事实进行辩解，说120救护车是用来救人的，如果救护车被拥堵在街道闹市或繁华区,就说是医院因延误治疗导致死亡。飞机坠落，是地面监控错误还是驾驶员自身能力有问题？在同一个班级,同样的老师,同样的教学水平,有的学生能考一百分,有的学生只考一分。我们又该怎样解释这些突发事件和教学工作呢？

有些时候学校可以承担责任，有些时候就不一定。有些时候可以通过协商解决，如果采用非常手段却往往弄得适得其反。在学校内所出现的一切异常和突发事情，按理说应该与学校有关系。但是，有些家长对孩子并不了解，对事情来龙去脉并不了解，片面利用法律和教育法保护孩子，这样的做法非常不妥。有时候只能这样说，家长是对社会不负责任，对自己的孩子不负责任。如果因猪睹不守纪律，家长要求学校承担经济责任，那么很有可能导致将来几十所甚至上百所学校不开设体育课，不提高教学质量，不改善教学环境。问题很简单，学生一旦发生意外，全部的责任都推给了教师或者校领导。

教书育人，一起小小事故处理一名教师，或者处理一个单位，取消教师资格，取消教师评定，教学先进成了落后，这就恰恰滋长了一些家长的侥幸心理，打击了大多数教师的积极性和进取精神。可以想一想，今后还能有谁用心教育你的孩子？

战　争

我们班每天都要发生“战争”，而且这种战争肆无忌惮，胆大妄为。这一节数学课，老师刚刚在黑板上写下“长方形和正方形……”几个字，粉笔还没有放下，班里就开始哄哄乱嚷，“老师，小素打我。”“咦，流血了。”“呀！咋流那么多血呀？”数学课是这样，语文课也好不到哪儿。又一次，老师刚刚翻开课本，讲《庐山的云雾》，还没有把“雾”字读出来，小告就一拳把尚尚打趴桌子下了。

“小告，你胆子也太大了！课堂动手打人，你还想不想听课？”老师尽管非常严厉，班内纪律始终没有多大好转。可以这么说，像这种打架“战争”经常在班里发生，课堂上动手动脚也是家常便饭。

班内经常发生战争，让老师感到无奈，但又不能没有相应的对策，这一次体育老师将“战争”作为我们班的“必修课”，故意挑起一场战争。老师要求我们在“战争”中进行一次真杀真战，不仅比一比力量大小，更重要的比一比聪明才智。

“战争”拉开帷幕，体育老师是这场“战争”的总指挥。对手就是双方：男生和女生。同学们摩拳擦掌。男生觉得有力气，并不把女生放在眼里。女生个个更是士气高昂。有的学生认为是老师组织打架，有的认为是老师组织摔跤。女生都把袖子捋得长长的，露出尖利的指甲。全班呈现出一种空前的杀气。

体育老师很严肃地站在双方对决的中央，说：“小素和小杰是冤家对头，先开战。小告和尚尚是冤家对头作为第二轮。一百米短跑，一次跑两个来回，准备了啊，我喊一二三——一……”小杰跑不过小素大局已定了，我们女生为小杰捏了一把汗。我不服气，偷偷来到体育老师跟前，我说我把尚尚换下来跑。老师同意了。

第二轮，我和小告对决。一、二……老师“三”字还没有出口，小告利剑般蹿了出去，可把我气坏了。我正准备说这次不能算数，突然，女生大喊，让霞云加油，快跑！我也顾不得多想了，撒腿就跑。可是，别说我跑慢小告一会儿，就是同时起跑，我也不是小告的对手。就我这肥胖身体，歪歪跩跩，不一会儿落后小告一大截。落后归落后，但我心里已经有了底儿。

拉绳比赛开始了，我和小杰对小告、小素，比赛规则三局两胜。几十名男生为小告、小素加油，几十名女生也发了疯似的为我和小杰加油。男生败了，小杰和男生打了个平手。比赛结束以后，我告诉小杰，说她以后再比赛的时候别一下子把力气使完，留点儿后手，这样才能打败对方。

值得庆贺的是，女生八个小组，六个组战败了男生。从此那些耀武扬威的男生再不敢小瞧我们女生了。

漂亮女生

绣绣长就一张漂亮脸蛋，不仅招老师疼爱，班里所有男生也都青睐有加。说起来也是，异性吸引、同性排斥，这其中的道理谁能不懂啊？绣绣几乎招班里所有女生喜欢，后来沾手不离，这就有点违背常理了，当然，从这一点上来说，也就不难想象绣绣的魅力所在了。

眼看就要高中毕业，全班男女学生还一股脑子地傻玩，天天疯扯，不知道啥叫上课，啥叫下堂，上学放学在他们这些人的脑子里也没有一个确定的时间了。要说全班男女生都和绣绣比着玩吧，又有点太过；要说绣绣和全班男女学生玩野性了吧，又有点不合常规。总而言之，如果他们还知道天有多高地有多厚，就再也不会和绣绣比着玩了。况且谁也比不起，一来人家绣绣漂亮，这没说的；二来人家有地位。说人家有地位，不是说绣绣，是说绣绣的爸爸在郑州一家煤矿当会计，了不起吧？农村人能在城市里工作，吃商品粮，确实让人羡慕。可是，也不知道是因为啥，绣绣的爸爸咋就没有把绣绣接到城里去，去大城市读书，反而让绣绣在这穷疙瘩子乡下学校上学，只是埋没了绣绣那张漂亮的脸蛋。在这叽叽乱鸣乱叫的鸡群里，把绣绣比喻成凤凰，一点也不夸张，别说农村，就是大城市，想找像绣绣那张脸蛋好看的，大概比牛角还稀。绣绣就不该生在农村，应该生在城市，生在那些大官的家里，天天有随从跟着，真正像千金小姐，那样才配她那张好看的脸。“别玩了，学点东西吧！懂点横竖道吧！马上要毕业了。”老师也不嫌啰唆，天天那么唠叨，谁听啊？没有谁听，就知道玩，七八年都过去了，也都没有学到知识，哪差这最后一段时间，即使人在课堂，心也在外飘着。老师管都管不住学生，学生学个乌鸦蛋呀？即使想学小乌鸦叫，也得等着乌鸦蛋破了壳，小乌鸦张开嘴啊！再说了，没有办法呀！谁叫这些人生在这个年月呢？鬼才知道啥叫平方、啥叫立方、啥叫三角函数哩。勉强语文上点心，凑合不抄零分。生理卫生课也只是懂一点皮毛。生理卫生老师并不放开讲，干脆一页一页往后翻，就那样个讲法，女生也是捂着脸，头也不敢抬。有一回，一个男生把几本书捂在肚子上衣服底下，挺了个大肚子，全班男生都起哄笑。只是那些女生，用眼偷偷瞄，或者侧着耳朵听，因为毕竟都啥也不懂。讲生理卫生课班里最容易乱套。说乱套并不是说辱骂、打架，或者明目张胆的不文明，而是小动作，甚至于奇奇怪怪的小动作。揪女生头发辫子，也有写情书的，极少，都是那些吊儿郎当的学生。说起来那也叫情书，其实就是小纸条，上边写几个字，错字一大堆，标点符号也不知道往哪儿插。传递起作业来最有趣了，成绩差的学生抄成绩好的作业，眼睛瞪别人的，手在自己本子上写，从第一行开始写起，一路子斜歪，一大张纸，抄了两道数学题，还分不均匀，亚洲地盘还嫌太小，过界去了欧洲。

班里有一个叫穷娃的学生，最捣饬，那一节下课了还特别专心，因为以前屁股从来不挨板凳，现在又用书皮折小钱包。

上课了，他还在下边忙活，全神贯注地画小姑娘头像。折小钱包穷娃敢下课时间折，画小姑娘头像穷娃就不敢下课的时间画了，他不是怕画不好，让同学们笑话，而是怕露马脚。眼看小姑娘头像快要画好了，尽管不伦不类，长长的头发，仔细想想，老师也没有那么个教法啊！粗一家伙一道子，细一家伙一道子，眉毛很浓，不是柳叶眉，倒像棍子，糟糕透了，鼻子还没有留鼻孔，嘴勉强张着，笑也像哭也像。他正得意忘形，自以为想象奇特，突然下眼皮底下滴了一滴墨水，赶紧去抹，用袖子，结果越抹墨迹越大，鼻子下，上嘴唇都是墨。又赶快折成几折，装进小钱包里，塞好、藏好，揣在怀里，舍不得扔。因为穷娃知道那是他的杰作，在他穷娃看来，那就是一张珍贵的照片。

下课了，穷娃想把自己的杰作——小姑娘画像送给绣绣，穷娃把手伸进口袋里一摸，小钱包不见了，没有了。起初他怀疑是自己记错了，就桌上桌下找，书包里也翻了几遍，左思右想还往口袋里摸，确定再也没有了，丢了，这才挠头、冒虚汗：妈妈的，衣兜啥时候烂了个窟窿？漏了，可坏了。穷娃冷静了冷静，又忽然得出一个肯定的答案，他说虽然小钱包是被谁拾走了，但小钱包和小姑娘画像并没有写上“穷娃”两个字，想到这才松了一口气，故作镇定，离开座位准备回家。

所有男生都在抢一个小钱包，发疯似的把小钱包扔来扔去。绣绣看出来了，是穷娃的小钱包，以前穷娃给她折过这样类似的小钱包，况且有些男生还见过。绣绣有一点脸红，因为那些男生把事情做得太明显了。小钱包被抛来抛去，其实就是做给穷娃看的。穷娃不动声色，表现得并没有反常的样子，眼睛偷偷瞄着小钱包，看里面的画像啥时候露出来。穷娃正想着，瞄着，从教室的后门突然飞出一张画了头像的纸，正好擦住绣绣的脸。俊俏敏捷的美术老师嗖地从空中抓住那个飘飘飞舞的画像，看了看，皱了皱眉头，说，小姑娘还扎胡子？而后把画像递给身边的一位男生。绣绣并没有生气，因为不含有侮辱的意思，也正符合了绣绣开朗的性格，温柔的一面。只是穷娃害羞了，低着头。

高中就剩最后一段学习冲刺时间，绣绣还陪着那些女生喳喳乱跑，因为那几个都是早到女生。这一天穷娃也来得很早，不知道发的哪辈子神经，况且就现在，就这会儿，班里就他一个男生。搁以前，学校和班里都知道穷娃家里的情况，老爹是饲养员，全大队几头牛都是由他爹料理着，忙得很，家里做饭从来都是最晚。风言风语，好像听说穷娃的老爹当副队长了，升官了，所以这一次穷娃来得很早。绣绣从教室前门追几个女生，一直追到后门，也没有追上，恰巧穷娃撞在绣绣对面。“站着干啥？快去追呀！”绣绣说罢，穷娃没有敢怠慢，一纵身撵了上去，抓住了跑得最慢的一个女生。从那以后，穷娃在绣绣的眼里就显得伟大了。尽管穷娃身世低微，绣绣却从来没有轻视过穷娃。当然穷娃也更想得到绣绣的关注。如果穷娃能够帮绣绣干点事，那是他最愿意的，也是他最满足的事情。

毕竟还是毕了业。那种欢乐的气氛再也没有了；那种快乐的场景再也看不到了；那一张张可爱的小脸永远逝去了，甚至于那些带着耻辱的玩笑，不渗出一点点恶意的攻击，一切都随着时光而流向很远很远的远方了。穷娃置身湖南，在一家苗族寨做工。然而，十八九岁的穷娃这才知道自己是男人，心里还隐隐地装着那个漂亮的女生。也不知为了什么，有时候就那么去想，或者当作一种美丽的物品，把她很珍惜地摆在很显眼的地方，咸不咸淡不淡地瞅上一眼，现在突然消失了。想虽然是一种多余，但也是应有的权利。三中全会刚刚召开，绣绣即使想坐如稳塔，绣绣的爸爸能会无动于衷？能会不为绣绣找一个帅气的男人？其实绣绣也在牵挂着穷娃。只是穷娃的影像，自觉或不自觉地在绣绣的眼前跳动，说不上那是不是爱，也谈不上突然分手。似乎身边突然少了些什么——某种东西，只是想再见一面，哪怕擦身而过。不知为什么，绣绣就那么想，或者是无法割舍学校那段情感吧！情很深吗？也不是，只不过不想突然消失，想让穷娃慢慢地淡化掉，慢慢地从感情中消失，因为毕竟有着七八年朝夕相处的童年生活，难分难舍！

只可惜啊！穷娃生在这个穷乡村里，要不他就不叫穷娃了。穷娃说如果还有再来一次的机会，他一定将学生时代的那份情感重拾：不情愿地搬着自己的小板凳回家，不情愿地透出一点含泪的苦笑分别，不情愿地背着即将卸去负重千斤的书包务农……坐在课堂上静静地听老师讲课，哭个痛快，笑个踏实，真正把书包里的知识变为属于自己的财富……然而一切都晚了，永远永远，突然又是一个不情愿，全班同学都走过了一万多个日日夜夜……

第三辑　村里的人

村里的人（第一篇）

“傻子”出现

豫东有一个村子叫无理查，在六十年代的时候曾经流行一句说法：“傻，谁傻呀？傻子五八年饿死完了！”从那以后，无理查就再也没有出现过“傻子”的说法。至于那些瘸子、瞎子、哑巴、驼背的……都聪明得很，从来就是自食其力。走南闯北，风里来雨里去的，占卦、编织，他们和平平常常的人一样，没有谁说他们傻。

但是，无理查还有另外一种说法，把那些五官不正、四肢不全的人说成犯有条条。那么“条条”是怎么回事呢？无理查的人只能去猜测，可能是说有些人，他们的祖先阴气太旺了，也可能是他们这些人的命运就该是这个样子吧！总而言之，那些五官端正、四肢健全、不犯所谓条条的人，因为他们的爹娘生了个好身体，多多少少还是有点瞧不起那些身体不健全、其中包括矮个子的人。至于先天的也罢，后天形成的也罢，他们的说话、做事、形态、表现似乎都出乎人们的意料。所以无理查的人总报以关切和同情，他们恨那些说闲话的人，说那些人说出的话很臭，不如放屁。这一部分人为什么要张着大嘴说呢？

好听也罢，不好听也罢，其实还是不如不说啊！后来无理查的人才渐渐明白过来，过去啊是因为生活条件差，一家老老少少十口八口人，能养家糊口就不赖了，即使有谁得了那些难缠的病，哪儿去弄钱，更别说治疗了。他们眼睛看不见东西了，走路困难了，手脚不能动弹了，比谁都难过。就算家里喂养一只小鸡，生病了，主人还掰着嘴喂药，何况他们是人：忠诚、本分、吃苦，又有同情心，还会体贴人，为无理查做过不少好事哩。

无理查有个瘸子，这个人不赖，无理查无论有大小事，都会请他过去帮忙。这其中的缘由大概是人们衡量了他的长相吧，才量体裁衣使他经常进出百家门，吃遍百家饭，鸡鸭鱼蛋享尽了人间口福。

大概就因为他是瘸子，走起路来常常给人一种恐惧感，以及不寻常的体貌形态，使得好多人都不敢接近他。不过，无理查的人倒也无所谓了，因为都知道、都认识、天天接触他，即使和他经常面对面坐着，也不觉得有什么特别的感觉。周围那些村子的人就不同了：无论那些当官的，还是那些身材魁梧的人，都觉得瘸子有些瘆人，不敢轻易接近他。外村的大人害怕瘸子，小孩子更怕，见了瘸子都是绕着走，怕得要命。有时候哭都不敢大声，有时候干脆搂着爹娘的腿，或者躲在爹娘身子后边。尽管孩子很害怕，那些爹娘还狠着心吓唬，好像孩子就不是从自己身上掉下来的肉，一点不知道心疼。“别哭，傻子来了。”“别动，瘸子来了。”就那么一吓唬，还真管大用，孩子眼都不敢眨一下。

这一天无理查有一家办喜事，瘸子在这家打杂，提水、刷碗、洗筷子。其实外村的人都不知道，瘸子这个人特别爱干净，碗洗了一遍又一遍，筷子揉了又揉、搓了又搓。要换水了，瘸子一瘸一拐去换水，结果闹了一个小小的笑话。

闺女嫁出去第三天，娘家人就得把闺女请走，因为这是这儿的风俗。说到“请”字，话说白了就是娘家人聚集十几、三五十个人到男方家里饱吃一顿。娘家人去男方家里吃，不是说毫无规矩地大吃大喝。男方也得体体面面的像那回事，请来族邻，或者村里有头有脸的人，也或者能吃能喝酒、能说会道的，当然，那些当官的是一定要请的。

中午饭，几大桌子菜摆好了，摞得老高，逐一把娘家人“请”到屋里。男方请来的那些陪客拿着香烟，透着笑，不敢慢待。这时候瘸子刚好从大门后出来，样子的确有点让人惊悚，右腿朝前一伸，左腿落水沟那边了。瘸子双手按右膝盖，然后又把左脚一点一点带到水沟这边来了。

“呀！傻子。”

“你庄才有傻子哩！”

瘸子的出现，让媳妇娘家爹碰了个正着，不害怕是假的，吓得大叫起来。一个大男人，五十岁开外，五尺多个头，愣那儿了，眼都直了，步子一直没敢往门里迈。

再看瘸子那样吧！好像被刚刚捏直的钉：右腿直直的，腰也直了，左腿弯曲好像和上身捆在一块儿，无论从右边或左边看，仿佛都在做原地踏步走的分解动作。刹那间，瘸子左脚朝前一小步，右腿在后边，双手前伸，看上去如同一只大虾。

新媳妇的老公公，也就是男方他爹，丢魂似的，一时也没主心骨了，不知道说啥好了，再说了也不知道“呀！傻子”这句话是谁说的。随口就来了一句，说“你庄才有傻子哩！”然后也呆呆地站在那儿，看着瘸子一瓢一瓢往筲里舀水。新媳妇的老公公话出去了，再是收不回来，眼看就是一场僵局。这时候管事的慌忙解释，赔着笑，递香烟，告诉亲家，这没啥大事，他是瘸子，又聋又哑，村上有个啥事都是请他帮忙，左邻右舍都少不了他。瘸子的一举一动毕竟给媳妇的娘家爹带来一些惊惧，管事的为了打消媳妇娘家爹的疑虑，就又补充说他叫三不全，可聪明了，还干净得很，就是瘸。

新媳妇的老公公更不敢怠慢，慌忙拉着亲家的手，也就是新媳妇的娘家爹，连连赔不是，说别往心里去。俺庄啊就“你庄才有傻子哩”都成口头语了，千万千万别往心里去，和他刚一接触都一样，以后接触多了就习惯了。

亲家毕竟是亲家，新媳妇的娘家爹也不敢失礼，赶快拉住亲家的手，说没啥对住对不住，说他揭了瘸子的短，该给瘸子赔不是，接着就大声喊起来，说他忙着啦，抽支烟吧！然而呢，三不全只是“嗨嗨”傻笑，右手摆了摆，又指了指耳朵上塞着的香烟。意思是告诉身边这个外人，自己耳朵上有烟。三不全这个举动，新媳妇娘家爹大为吃惊，说：“耶，他咋听见了？”“你手里捏着烟给他比画，他当然知道啦，不信你端着茶杯给他比画比画，说抽烟，你把嗓子眼喊哑，喉咙喊破，他照样摆手说不喝。”管事的赶忙解释说。新媳妇娘家爹没有给三不全再比画，因为觉得也没有那个必要。只是管事的叹着气，说他小时候会说话，三岁多患了骨髓炎，当时家境贫寒，没钱治疗，后来严重到左腿膝盖流血流脓，成了现在这个样子。

下午也进了后半晌了，办喜事的这家亲戚都走得差不多了。只是忙活一天那些四邻才开始收拾摊子。桌子要送，锅碗瓢盆也要送，院子里趟趟不断人来人往。大人忙活，那些顽皮的孩子也格外掏饬，到处躲躲藏藏、挤挤拥拥，一会儿也舍不得闲着。说看新媳妇，大人说新媳妇请走了，没有哪一个小孩子相信。东房找西房扒饬，特别让人烦。然而呢，新房里尽是一些小伙子，着三不着四地乱说，乱侃一气，说说逗逗，床上床下乱倒弄，满屋子不文明，只是因为都喝了点酒，心情才开朗活跃。新媳妇被请走了，小孩子就成了他们酒后的开心工具。因为那些小孩子不相信新媳妇走，小伙子逗他们说在床下，他们就在床下找，说在厕所，小孩子就一窝蜂又去厕所找，别提多热闹了。他们越玩得热闹，小孩子们就越不愿意离开。一阵惊险动魄，一阵开怀大笑，把小孩子逗得、逼得无处藏身，逼出新房、退出大门外。这时，四邻那些忙着的人，几乎就是忙了一阵子了，有的拿着自家的托盘走了，也有的扛着自家的小桌走了，也或者握着自家的酒壶，走出了新媳妇家的小院。三不全也走了，端着盘子，一瘸一拐，可是，后边还跟着一个小孩子，像这种事情，以前可从来没有过。那个小孩子也一直走着，离三不全大概有三四丈远，鬼鬼祟祟，也一瘸一拐的，看上去像在学三不全走路。因为，三不全走慢了，那个小孩子脚步也放慢了，三不全步子加快了，那个小孩子左手按膝盖一瘸一拐也跟上去了。三不全出了新媳妇家的大门，就知道后边跟着一个小孩子，没有想到那个小孩子竟一直在后边跟着。

三不全最恨谁学他瘸着走路的样子，所以想整一下这个小孩子。三不全回到自家门口，把盘子放在门后，左腿放下，右腿靠着门，他又轻轻蹲下，整个大人身子卧在门后。他知道小孩一定会来，就瞪着眼，饿狼似的。不一会儿，小孩子探头探脑，双手摸着一扇门，小脚拖着土，一点一点朝门里偷瞄。“白（别）叭（跑）。”三不全声音特别大。那孩子一转身，撒腿就跑。看那孩子跑得快吧，也不学三不全腿瘸的样子了，两只小脚踏着浮土一波一波。三不全在后边猛追，好像亮起一个个旋风脚，右腿画出一个个半圆，左腿神奇般支撑上身子甩起来了，身子时而直立，时而俯于地面，游泳般两只手此起彼伏。此时的三不全像是特工在演练。小孩子在没命地跑，脸红一阵，青一阵，紫一阵。

几个妇女从新媳妇家出来，看见大街上三不全发疯似的追赶一个小孩子，都吓呆了，伸手去拦。三不全绕过几个妇女，全不把那些妇女放在眼里，只管一个劲儿地追。几个妇女这时候真害怕了，害怕三不全撵上孩子，一定不会饶过那孩子，所以都拼命大喊，叫琴丽，也有的给单科鼓劲，说单科，快点跑，再跑快点，再跑慢就撵上了。那个小孩子一直被三不全撵着，最终还是被撵上了。

那个小孩子名叫单科，被三不全按在地上，大哭，两条腿蹬呀蹬呀，胳膊被三不全握在手里翻来覆去地拧。三不全这样做，真把几个妇女气坏了。毕竟那只是个孩子，是女人身上掉下来的肉。她们都一起拥上去，拽三不全胳膊，又是扒头，把单科硬是从三不全手里撕出来了。三不全更生气，红着脸，嘴里一个劲儿地嘟囔。几个妇女尽管给他比画，知道他听不见，但也还要那么大喊："吓着小孩咋办？"三不全并不领会，也并不甘心，也那么不明不白，不知道他说的中国语还是外国语，"多（夺）多（夺）多（夺）。"他恶狠狠地瞪着几个妇女。"不夺，不夺，拿刀砍死他吧！"一位妇女指着单科，也用同样的凶光看着三不全。三不全哪里肯放过单科，还高高地扬着手，咬着牙说："驾（打）思（死）泥（你）。"

几个妇女总算都松了一口气。单科从那以后起，算是彻底认识了这个又聋又哑又瘸的三不全了。一位妇女说："俗话说瞎狠瞎狠，三不全比瞎子还狠。""啥时候老天爷把心给他掏出来，看咋长的？"一位三十多岁的妇女，她说三不全和瞎子一样狠，那一回刚下过雨，有个瞎子要饭回来，路上正遇一群孩子放学，瞎子问路。那些孩子也够捣饬的，这个说瞎子走他这边，那个说瞎子朝这边走。张口闭口瞎子瞎子的，瞎子被搞得晕头转向，瞎子一连跳几次水、上几次当气坏了，就开始想点子，说谁要是把他带过去，手里的两块钱就给谁。瞎子手里的两块钱晃了又晃，后来还就是有一个小男孩蹑手蹑脚向瞎子靠过去了。结果呢？“扑通”小男孩滑倒了。瞎子听到响声，掂起拐杖压在小男孩身上了。小男孩苦苦挨了两拐杖，还并没有得到两块钱。原来瞎子在脚下弄滑了一大片，是故意引小男孩上钩的。

单科领教了像瞎子这样的人，太厉害了，从此他只要见到三不全，就如同老鼠见了猫。

“驾（打）思（死）泥（你）。”三不全只要见到单科，无论什么场合，脸上总是发出怒气，重复那三个字，意思是告诉单科，他是瘸子，不会说话，谁学就该挨打。所以，单科最不愿意见到三不全，生怕重复那天的悲剧。

第二年正月十五，是个热闹日子，只是晚上没有一颗星星，大街小巷红光遮掩着阴沉沉的天，从远处望，一点一点闪烁着好似悬挂在沿街空中的繁星。尽管天公不作美，但灯笼里放射出的光芒仍然十分耀眼，街里巷外的孩子热闹个不停。村里有段顺口溜，说小小孩挑灯笼，大小孩忽闪灯，大大小小满街转，一个一个瞎折腾，叽叽哇哇闹半更。真要说把十五的晚上吵得热火朝天的还是那些孩子。他们不麻烦爹娘，自己动手，找些白菜根啦，萝卜丁啦，在中间挖上洞洞，再在一侧穿个小孔，插上个硬条条，就那样一晃一晃，一忽闪一忽闪的，看上去非常好玩，他们也玩得非常开心。

真是冤家路窄呀！游客不途狼犬地，只恨无禄享后程。单科家大门外是一条南北小窄街，顺着小窄街往南走不远，就是前大街，单科去前大街，三不全家是必经之地。单科挑着忽闪灯，忽闪灯微微发着亮光，只能照见小小的一块点地方，所以走得很慢。三不全站在了单科的迎面，很突然地，不知什么时候，几乎不容单科反应过来。三不全笑了，如同恶魔，发出阴冷奸笑，因为他知道单科是个小孩子，这一次单科想跑也跑不掉了。单科看见三不全，傻脸了，一时间如同丢了魂，即使想跑，恐怕连身也转不过来。就那刹那间，忽闪灯里的油水被三不全掀在了单科的脸上。然而，单科一声没敢吭。单科害怕呀，万一被父亲知道，一定免不了一顿挨打。单科心里想，因为单科经常挨父亲吵。

单科的父亲脾气非常火暴，假如姊妹有谁做错了事，或做了不该做的事，父亲不满意，就一定少不了挨一顿臭骂或者打：比如吃饭的时候吧，他用筷子敲；走路的时候，走着走着说不定就得挨上一脚；干活挨打是常事，几句话说不好，就撵着追着打。只要父亲在家或者和父亲一起做事，周围总是死气沉沉的。

单科被三不全浇一脸油，熬着痛，他能一直隐瞒家里十几天，这对于单科来说也是一个了不起的成绩。能躲过初一终究还是没有躲过十五，有一天被父亲发现了。父亲问单科，问他的脸咋弄的？父亲手里的筷子早准备好了，但等单科回话。单科站在那儿没敢动，甭说回话，眼泪吧嗒吧嗒地往下滴，吓得两条腿哆嗦着。这时候父亲就开始吵，说他是傻子，跟单科说多少回，单科就是不听，父亲说他真想敲单科几下，看单科啥时候长记性。单科这一回没有挨打，大概是沾两条腿的光了。单科的母亲琴丽听不上去了，说单科的父亲，说他再吵，反正事出来了，孩子正吃饭，吵啥吵，以后改了不就中了。单科的父亲不肯罢休，看单科的母亲在一边护着，心里发着狠，说以后再见单科逗瘸子，父亲就拧断单科的腿！

父亲再恼再生气，毕竟还是心疼儿子，父亲站在一边，赶忙缓和着语气，说：“过来过来，过来叫爹看看，——呀！咋烧恁厉害？孩子，你咋不吭声哩？”父亲越说越想越看火气越大，“这不中，后来一定是个大疤，走，找他去。”父亲拽着单科就走。这时候琴丽说话了，说他是个哑巴，找他又咋着。琴丽一手拽着单科，劝单科的父亲，说即使找他也喳喳不出个道理来。儿子被弄成这个样子，不骂他个祖宗八代，难解心头的怨恨。单科的父亲说三不全，难怪又聋又哑又瘸，心太黑了，是上天对他的惩罚。父亲摸着单科的手，说明儿包点药，抹上消消肿，那是傻子，好好人，谁跟傻子逗，逗傻子有罪。父亲不是去同情那个三不全，压制心头的愤恨，而是可怜儿子才这么说的。

单科的脸渐渐地有了好转，父亲和母亲的心情也不再那么忧郁了。有一天琴丽就安排单科，说逗傻子就是不孝顺爹娘，不孝顺父母，“龙”会责备，打雷下雨“龙”就发怒，会抓人的。单科听到母亲说这些话，害怕了，觉得打雷下雨比三不全可怕多了，“龙”一发怒，会死人的，千万别下雨，永远别下雨，因为他逗三不全了。有一天就是下雨了，单科守在屋里不敢出门，害怕龙来抓。单科没有见过龙，不知道龙是什么样子，母亲就更加吓唬单科，生怕单科再逗三不全，母亲说“龙”有头有角有身子又有尾巴，是怪物。母亲还说“龙”就是蛇，就是“长虫”。单科似乎明白了，自那以后，见了蛇单科就绕着走，睡觉总用被子蒙着头。

有一天下午，单科、小胖和贯贯五六个孩子去玉米田薅草。他们都把篮子薅满，再倒成堆，还去薅。眼看就快要吃中午饭了，大家都准备回家吃饭，驮子发现草堆下有一条蛇，吓坏了，一屁股蹲在了地上。柱柱和贯贯不害怕，两个人都说打死它。单科害怕，小胖也站得远远的。单科和小胖不让打死蛇，驮子生气了，说一个长虫，剁它几节，埋起来，它能会摸到谁家呀！

小胖不敢靠近，站在一边，他说听大人说，长虫有魂，就是剁碎了也能连一块儿，照样爬着走，夜里找着谁，会缠死谁。就说话工夫，驮子一铲子下去，蛇两截了。紧接着贯贯、单科、小胖、柱柱，噼里啪啦，一条蛇被砍得粉碎。单科吓坏了，让赶紧埋掉，别连一块了。几个人，一个人挖一个坑，把一节一节的蛇身扔进去，再揉上土。贯贯挖的坑最深，他又在上边踩了又踩，跺了又跺，确定再连不在一块了，这才都放心回家。

第二天清早，单科一起床，就床上床下找，明间暗间到处翻弄，就是小院、厨房也没有放过，然后就慌慌张张地往小胖家跑。琴丽看到儿子那个样子，也知道没有什么大事，就没有过问。单科一溜小跑来到小胖家，小胖的母亲秀仙还没有顾上开门,单科就喊小胖快起来。单科告诉小胖,说他打死的是“龙”,单科说是他娘说的。

单科和小胖又来到埋蛇的地方，但是那条小路已经被踩得明光明光了。

三不全、父母、蛇、龙，单科每经一件事就多一分胆怵。虽然仅仅是一条被砍得稀巴烂的蛇，单科脑海里却像石头一样被重重压着。

一个人心灵上如果对所认识事物没有责怪或者赞赏，没有厌恶或者喜爱，没有悲伤或者乐观，没有放弃或者追求，就等于这个人没有知觉。所以既然获得以新的方式认识事物和欣赏事物的能力，心灵就会有所行动，精神和性情就会有所表现。一个幼儿的想象往往来自成人想象的传播和影响。他们要把过去看到和听到的事物与周围环境做出比较，筛选不利于生活的因素，永久灌进记忆的脑海里。

“龙”的说法，村里的人处处可以听到。打死“蛇”就是杀了“龙”，在单科的记忆里形成顽固的看法。挑逗三不全、瞎子就是不孝敬父母。“蛇”是“龙”的化身，大人们一代一代哄着孩子：走路有路神、说话有话神、院有院神、门有门神，人让人死不可能，天让人死活不成，不知折腾了多少代人。单科严于家教，挨骂不还口，挨打不还手。这样一来不愿意看到的“傻子”偏偏又出来了，就出在单科身上，比“傻子”还傻，一直被村里的人传了很久。

“薛家就该出这个人。”村里有人说。

“你看单科，呆头呆脑。”村里有人说。

“他老子做一辈子官，下边该出这样的人。”村里有人说。

“单科就没有人家孩子聪明。”村里有人说。

有一天单科的父亲从县里开会回来，瞅见单科低着头，走路慢悠悠，半死不活的，父亲非常生气，因为父亲最恨单科走路，说他三脚踩不死一只蚂蚁。单科的父亲虽然生气，却还是希望单科像个人样，干起事来能理直气壮，希望村里人能赞扬一番。谁能不愿意听那些好听的话呀，或者有人说看单科多懂事，或者有人说这孩子是块料，长大了一定中。可是，没有谁在单科的父亲面前说好听的。大人们不夸赞单科，其实是单科在大人的眼里显得不重要。小孩子之间也相互招来闲话，有时候也不能不说是大人带来的后果。有一次，几个孩子议论爹娘。单科说甭管他姊妹几个干啥，家里有啥事，都不希望爹回来。贯贯说他娘从来不打他。要说起来爹娘，驮子最得意。他说他爹娘都疼他，谁像单科的爹，恁坏！单科一听驮子说他爹坏，恼了，说疼不疼的，谁叫他说坏了？驮子辩解，说不疼就是坏。单科可不是没有脑子的人，驮子胡搅蛮缠，被单科揪了辫子，单科挖苦驮子，说他娘好，那一回别打他呀！他娘叫他抬袋子他不抬，他娘拿着破鞋撵着打。驮子红着脸，眼一瞪，说单科他爹打他有一百回吗？就那还护他爹哩。是啊，单科在父亲眼里总是坐着不正站着歪。单科和别的孩子吵嘴，吃亏也得受父亲责怪，同样沾光也得遭责骂。

有一年秋天，单科的父亲说放几天假。那是一天下午，东地分红薯。父亲没有让单科去，让单科在家，守在院子里玩，看着鸡下蛋，因为父亲怕单科出门他面子上过不去。单科在院子里守着，等着鸡下蛋，把鸡蛋收了，拿到屋里，又把小院打扫一遍，搬个小板凳，坐在那儿，看看羊，看看猪，脑子里空落落的。大长一下午，小小孩家守在家里，也实在是大人放心得下，也不可怜。单科就转来转去，堂屋西间有一张大木床，下边乱七八糟的：有鞋子，有药桶，还有木板，还有工具箱。单科费好大劲才把工具箱拉出来，把箱子里的东西倒出来，发现有一把生锈的手电筒和一把“老掉牙”的破剪刀。这把手电筒修理过一次，那个人没有修好，单科说他爹还不满意，和那个人拌了几句嘴，严山爷还说那个人是阴天学的手艺，相红也说那个人模糊。单科想起来了，今天就趁父亲不在家，修修这个手电筒，给父亲一个惊喜。单科先卸手电筒头，因为以前那个师傅就是先卸的手电筒头。单科左手拿手电筒，右手拿剪刀，轻轻把剪子尖插进手电筒上盖两个小孔，试着拧了几下，没有拧动，这才慢慢用力拧。哎呀！由于用力猛了，剪子尖滑出电筒孔，刺伤了单科的左手背，鲜血直流。单科吓坏了，赶紧抓把土撒伤口上，可是，手上还在流血，单科再没有办法了，不得不去东地见父亲。父亲正分红薯，见单科来了，脸色没有变，好像单科压根不存在似的。只是过了那么一小会儿，安排单科的母亲去卫生所，还特意说包些口服消炎药。哎呀！谢天谢地，今儿太阳搁西边出来了，咋没吵哇。单科的母亲摸着单科的手说。这一切和单科想象的可完全不一样了。开始单科觉得父亲一定会大吵特吵，弄不好还会挨一顿打。单科就问他娘，说他爹咋没有吵他？琴丽回答说，他咋好意思吵呀！他不在公社做官了，被开除了，不敢那么凶了，回来当队长哩！

人的心灵能从纷繁复杂的生活中回到真正属于自己一小片天地，即使曾经汪洋大海般的汹涌，抑或趾高气扬地演说，其实现实并不属于他，因为只不过是特殊的场合改变了其原有的性格而使然具有了特殊性。自家的小胡同，自家的小草屋，自家的旧板车，还有那棵矮得枯死的老枣树，无论如何还是自家的好，毕竟它们是属于自己生活中的一部分。

单科只不过得到父亲一丁点儿的疼爱，况且也是他应该得到的父爱。其实谁也不会想到，就在单科即将要得到真正父爱的时候，此时此刻千万倍疯狂、耻辱、谩骂和攻击向他们袭来。

不幸开端

夏天收获的季节到了，那是一天上午，村里的人忙死忙活把收回来的麦子摊了一场。快要下工的时候，天偏偏阴了下来，没过几分钟，北风呼呼地刮，裹着浮土、树叶漫天横飞，麦场里乱了套，一缕缕麦子被大风旋进南边麦茬地里，不少麦子还被刮进了沟里。几天来，由于火辣辣的太阳一直熏烤着大地，麦杆焦脆焦脆的，经大风这么一揉，麦穗撒得满地都是。

单科的父亲从县官贬到公社做官，又从公社贬到无理查村当生产队长。虽说他不能算是官了，事还得要管，眼看这呼呼地刮着大风，下雨还不是说来就来啊！麦子万一被雨水给冲了，农民的生活问题怎么办？单科的父亲朝站在那儿、双手拄着叉子的逢冲大喊，说逢冲，你没有看见天，要下雨了。薛驰冲逢冲喊，中午饭前不把麦子垛起来，他开逢冲的批斗会。开始，逢冲没有太在意，听见队长吆喝，逢冲挑起一叉子麦子就赶紧走，因为他知道薛驰的火暴脾气，就没敢吱声，目的还是怕挨批。强水在一边站着，没有动，其实还是不在乎薛驰这个队长。强水接过逢冲没有敢说出的话，就说，说薛驰他才在场里干几天活？薛驰一听强水顶撞他，本来就心急火燎，当即就说，今黑就在社员大会上开强水的批斗大会，看他光棍啥？薛驰一蹦就去强水跟前。强水也跳，因为他本来就不怕薛驰。薛驰和强水，一个席子，一个苇子，两个人一来一往，肩摩肩，脚挨脚，互不相让。

甭说薛驰不与强水打，就是动真格的，薛驰也不是强水的对手。薛驰才多高啊？不足五尺，皮包骨头露青筋，做官没有个官样，更何况现在也不算官了，没有官了，更让人三分瞧不起。强水六尺一二，膀大腰宽，一副官态，仅往薛驰面前一站，就那姿势也能把薛驰吓个魂飞神散。

薛驰发火，引发了强水不满，导致两个人对抗。谁能说说薛驰敢不敢拿鸡蛋往石头上碰，或者强水敢不敢在太岁头上动土？薛驰不会召开对强水的批斗会，因为“批斗会”批斗不出麦子，无非缓兵之计罢了，但是，却导致了强水出头。很显然，强水可不是贸然出头。薛驰被层层拔毛，现在已经光秃秃了，他为啥还要怕薛驰呢？话又说回来，即使薛驰走进十八层地狱，他也不会瓤（方言：弱的意思）给强水。只是薛驰太了解强水了，包括强水上两辈家底，薛驰能清清楚楚地掀出来。这话说出来就长了。强水的爷爷是当时响当当的大户，非常有钱，可是呢，又非常吝啬，非常贪婪。无理查的人说他“惜物如金、爱财如命”，这一点也不假。有一年闹荒灾，麦季几乎没有收成，到了秋季又是绝收，无理查那些凡是能走动路的都出外避荒讨饭。有一天深夜，几个年轻人就聚在一块，商量着弄强水爷爷的东西。几个年轻人就黑纱蒙着脸，偷偷溜进强水爷爷家。结果出乎预料，几个年轻人把屋里屋外搜遍，一粒粮食、一寸布也没有找到。没有打着黄鼠狼，反倒弄了一腚眼子臊，从此强水爷爷就恨透了无理查的人。虽说那时候强水爷爷不敢断定是不是无理查的人干的，却从那时候起，哪怕一块砖、一根木棍、一个玉米棒、一粒麦穗也瞅准机会弄到手。东西成了强家的宝贝，村里的那些孩子在强水爷爷的眼里也成了沙粒。谁家孩子蹲泥巴窝，谁家孩子哭着找爹娘，谁家孩子被人欺，强水的爷爷总是绕着走。逢年过节，亲友来往，强水爷爷眼馋人家有孩子。后来就托人从外地弄了一个闺女和一个儿子。谁知“捡来的孩子不成人”，没出半年，闺女就死了。闺女死后对强水爷爷的打击特别大，从此，他的心更加歹毒了，后来因偷生产队榆树被薛驰的父亲发现。强水爷爷害怕挨批，挨批斗就等于进阎王殿，不死也得秃噜两层皮，回家就卧床不起。哪知道他连病带吓也死了。强水的老爹支撑门户，表面上看又续了香火，实际上早已家破人亡。有人说强家坏了良心，有人说上天惩罚强家，是恶有恶报。

强水掂着木叉，瞪着薛驰，使劲朝麦子扑打几下，嘴里还不干不净，说薛驰算个什么玩意，被人家赶回来，逞能逞到家里来了！逢冲并不想惹那么多麻烦事，生怕万一带来麻烦，那时候就是再后悔也晚了，所以劝强水说算了吧！少说两句也中！活还是他们自己的活，人在屋檐下，不得不低头哇，他是队长，真开他们的批斗会，他们躲也躲不掉。强水一万个不服气，不在乎薛驰，说薛驰不敢开他的批斗会，薛驰要是敢开了他强水的批斗会，他就敢捣薛家的老窝。逢冲接过话又说，不是敢不敢的事，也不是他说开就开，得经过队委会研究。逢冲说这话，用意很明显，一来不再让强水火上加油，二来能不把事情闹大就不闹大。强水吐了一口唾沫，他说今天是最倒霉的一天，说宋子杰告状，走着瞧，说薛驰王八蛋，今黑薛驰要敢开了他几个的批斗会，今后不收拾老实薛驰，他就不姓强。

午饭后，薛驰没有去麦场，他知道强水和逢冲是“老把式”，懂得庄稼活门道。再说，争吵是因为工作，也不是多大的私人矛盾，为了能赶在大雨来之前把割掉的麦子拉进场里，垛好垛，薛驰并没有吃午饭。薛驰敲了钟，村前村后又吆喝几个来回，招呼好把式套了牲口，就随着耿旺和两个妇女坐着“太平车”一块去东地拉麦了。

麦场上，强水为上午发生的事还一直怀恨在心，故意挑唆让逢冲和薛驰斗，说老逢咋就恁怕薛驰？说薛驰不就是个小队长吗，有啥了不起，怕他弄啥？逢冲停住手中的叉子，指了指天，说让强水看看东北角，从早饭就一直阴，现在半边天全都黑了下来，看这阵势说不定真会下雨。逢冲说他不是怕不怕薛驰这个人，他是怕老天爷。逢冲接下来还继续挑麦子。逢冲这个举动，倒让强水心里真有点不安了。强水说，他说还是下点好，看看队长的能耐。逢冲听强水说这种话，心里有点不太高兴。逢冲认为，大车大车把麦子拉回来，运进场里，摊一大场，真被雨水冲了，就不仅仅是队长不会领导那么简单了。逢冲瞄一眼强水，说强水别胡思乱想了，干吧，做到内心无愧！下点好？算了吧！真要下他们都喝西北风啊？都孩子老婆一大家，咋过日子啊？

薛驰望着天，皱着眉头，唉声叹气，看见周围三四个村庄，有六七个生产队，社员们都是争先恐后干活，割麦的割麦、装麦的装麦、拉麦的拉麦，都非常卖力。只是他这个生产队，他眼看着割下来的那些麦子，焦脆焦脆的，横七竖八到处堆放，薛驰真是急在了心里了。割掉了的麦子不能拉回去垛起来，还不如不割掉。薛驰一会儿说这个不是，一会儿又说那个不是；一会儿吵这个不会干活，一会儿又吵那个不会割麦，不是指桑骂槐就是吹胡子瞪眼。薛驰看见耿旺婆婆妈妈的样子，从耿旺手里夺过木叉，就一边嘟囔着一边自己大叉大叉地挑了起来。耿旺被薛驰嘟囔烦了，心里极不舒服，也就不顾惜身边这个队长的面子了，问队长，说这一大车麦是他队长装的啊？他挑，他挑，耿旺说他巴不能呢！那么大热的天，东北风呼呼刮着，耿旺蹲在刚刚割好的麦堆跟前抽烟，这样更引起了薛驰的不满。薛驰扭了扭头，说："我看你不要命了？"薛驰话音刚落，耿旺霍地从地上站起来，双脚一蹦，手指着，直冲薛驰，说："你……"薛驰并没有理睬耿旺的举动，只管往太平车上装麦子，这时候潘凤连连给耿旺使着眼色，意思是耿旺手里的香烟。耿旺霎时明白过来了，脸红了，转眼瞅了薛驰一下，赶快把香烟捏灭，又弯腰把烟头填进脚底，踩了半转，叽也没叽，走了。

麦场里又添几个人，这其中就有驮子的父亲，还有世长、严格正、三不全、贯贯的老娘、肖孟和秀仙。他们看见耿旺过来，以为队长又要安排当紧的活。副队长严格正连忙问耿旺，说现在过来有啥事？其实耿旺并没有明白严格正的问话，这个时候被强水当头弄了一棒，讽刺挖苦说耿旺要高升了，转"商品粮"了，是队长的通信员！逗得麦场里的人哈哈大笑起来。薛驰就拿强水没有办法，强水挖苦耿旺，那还不是一个现成。耿旺瞪强水，而后从严格正手里接过叉子，说和队长一块干活真能把人气死。严格正并没有弄明白耿旺说话的意思，问今儿队长咋着他啦？气这么很？严格正越想打破砂锅问到底，越这样，耿旺吞也不吞吐也不吐了。严格正烦了，不得不说麦场里没有耿旺的活，让耿旺想去哪儿去哪儿。严格正是气话，耿旺当真了。

耿旺也不是傻蛋，结果还是走了。天马上要下雨，大家都急得心急火燎，这关键时候都想多抓一个人干活，耿旺却走了，这儿不是庙会，想来就来想走就走，哪有那么容易？严格正突然扬起木叉，大喊，说耿旺，他要再敢往前走一步，明天就把他送县公安局。严格正说把耿旺送县公安局，并不是说耿旺以前犯过什么事，而是公安局厉害。严格正话音刚落，“轰——”而后一道电光从东北向西南延伸。耿旺害怕了，不是害怕把他送县公安局，而是害怕眼看要下雨。耿旺不敢怠慢，扭头回来了。“轰隆隆……轰隆隆……”越来越近，雷声越来越响，丝毫风也没有，天空黑压压的一片，快要塌下来的样子。

这时候，一太平车麦子被牲口拉着正慢悠悠地往回走。因为，薛驰事先就安排好把式了，让两个妇女跟着车，特别嘱托别让两个妇女离麦车太近，也别把牲口赶得太快，生怕发生危险，不然再后悔也就来不及了。

虽然严格正为人好，又踏实肯干，毕竟还是缺乏工作经验，所以薛驰有些放心不下，就又跟了上去。雨来了，大滴大滴的，薛驰心里猫爪似的，想想这边，还想顾着那边，一边跑，一边看着天，虽然没有觉得突然，也没有觉得奇怪，心还是一点儿一点儿软了下来。薛驰说他如果两条腿跑路能让麦子平安无事，即使把腿跑断也值得。薛驰来到麦场一看，心里冰凉冰凉的，麦茬地里、沟里沟外、路边坑里到处都是饱盈盈的麦子。可是，眼看这些麦子抛撒掉，又毫无办法。薛驰又扭头走了，担心那辆太平车，那是三亩多地收成，薛驰放心不下啊！

太平车陷进泥沟里了，车身倾斜着，晃晃悠悠，十分吓人。车把式看见薛驰来了，又总算松了一口气，也又来了力量，重新甩起鞭子，大声吆喝着：“驾、驾、驾驾、驾……唉吁、唉吁……”两个妇女也拼命推着车轮子，这会儿把危险也忘一边了。这该死的路，偏偏停这鬼地方。车把式嘟囔着骂，鞭子一个劲儿朝牲口身上抽，说老伙计，平日好草好料喂你，睡觉陪着你，眼下该你套劲了，你装孙子了。薛驰也跳进了泥窝里，薛驰说他拿着鞭子，让取瑞和另外一个妇女推车。取瑞完全忘了自己是女人，双手握鞭，嘴里叽里咕噜，鞭子一下子一下子抽打在牲口身上噼里啪啦地响。"潘风，你扯缰绳。"薛驰说让潘风扯缰绳。潘风只管一个劲儿拽，拼命拽，连连挨了取瑞几下鞭梢，也不知道叫疼。潘风简直疯了似的，散乱着头发，雨水顺着头发往下滴。潘风侧着身子，面朝北，两只手把缰绳抱在胸前，哭丧着脸，对着牲口，叫牲口走哇，走啊，说它咋不走哇……潘风比挨着鞭子还难过。

薛驰和老罗边推边吆喝，也实在是累坏了，就停了下来。薛驰说恐怕车子出不去泥窝啦！该咋办呢？薛驰问老罗，让他看这样中不中，好不好，俩妇女先回家，别淋出毛病，他俩把牲口牵走。老罗"嗯"了一声，说这也是办法，也只能这样了。

雨停了，虽下雨时间不长，路上却积了不少水，当然，沟里的积水就更深了，足足一尺多深。田里也没法再进人，更别说干活了，到处都是水，麦场周围的麦子抛撒得也就别提了，即使有些麦子上了垛，垛好的麦子也是湿一层又一层，都淋软了。薛驰看着天，幸好晴了，心里松浅了一些，才像石头落了地。

不当家不知柴米贵，赶在这节骨眼上要是再来一场大雨，上神也保不住这些麦子，非坏不中。薛驰突然觉得事情严重，赶紧去找副队长严格正商量。薛驰说卦要勤算，磨要勤钻，钟不敲不响，木不钻不透，说趁刚下了点雨，他们就趁暂时不能出工，看看能不能有必要开个群众会商量商量。严格正完全同意薛驰的看法，说那哪有不中的说法，说队委会先碰碰头。只是强水的儿子强老大和逢冲的儿子逢老二，还有昌于不同意开群众会，他们说都累几天了，趁下雨不能出工，还暂时不能干活，歇歇，歇一天。薛驰心里明白，他们几个人不让开群众会，目的很明显，是怕挨批。

薛驰想组织召开群众会，主要总结以前的经验，布置布置今后的工作。就是说对以前工作中存在的问题，生产中存在消极怠慢的现象，进行疏导疏导，这才是主导思想。然而呢，队委会里有一个人把薛驰的话瞎编乱造，说成是批斗强水。相叔的儿子相红又驴唇不对马嘴，瞎学一气，把话学给了强老大，这样一来，群众会薛驰没有开成，强老大组织的小黑会，倒顺理成章地进行了。小黑会就是针对薛驰来的。

可别小看薛驰，他可不是想碰就能碰的，好歹也接触过上三界人事。在省里参加过高级干部会议，在县里也曾红过，在公社也是响当当的人物，就是他的性格太要强了，眼里面一点也揉不得沙粒，到如今才落到这步田地。强老大不让薛驰开群众大会，当然有他的用意，主要还是害怕。要不然强老大就不会那么说，说有一回他的老娘扒了生产队几块红薯，结果被薛驰批一顿，他娘差一点没有上吊自杀。从那往后，强家和薛驰就结下了仇，强家总想找机会报复薛驰，一直想把薛驰赶走，不想让薛驰当队长，无理查生产队长这个大权应该掌握在强老大手里。不让薛驰当队长，在他们那一伙人里面，看法大致是相同的，相红也是那么说，说薛驰这个人太傲慢，逮着谁吵谁！还说薛驰在上边待不下去了，在自己家门口逞能，早晚也是弄得一身骚。

现实生活中，消极、否定的意义往往比积极、肯定的观点占上风，这样一来，只要他们那些人认为对了或者错了，当然就一定会站出来竭力赞成或者反对。他们大张旗鼓声张的目的是什么呢？无非就是显示显示他们的才能，搞点人为对抗，这还能有啥不能理解的呢！即使有些规律还不能过早形成结论，也只有等待让那些“是”与“非”经过很长一段“血”或者“汗水”的较量后，“真理”与“谬误”才能不言自明。

尽管薛驰没有召开群众会，但薛驰和严格正还是一直为村里的事忙活着。常言说，人误地一会儿，地误人一季。种小秋是夏收后一项农忙，刚刚下过雨，地里墒情那么好，见缝插针，也是千载难逢的好机会。第二天清早，薛驰就和严格正分好工，开始着手准备。薛驰负责男劳力，主要修理修理播种耧，分编分编拉耧人员；严格正负责女劳力，主要挑挑玉米，筛筛绿豆，捡捡豆子，再整理整理芝麻。早饭后，薛驰就把铃敲响了，又村前村后、大街小巷吆喝几个来回，他自个就先头里走了。日头都老高了，时间不等人，可是干活的人还没有集中起来几个，真出乎了严格正的预料。薛驰觉得一阵一阵腰酸背痛，两腿发软，就只带几个人，去插耧去了。严格正去了麦场。

麦场里，逢老二正阴死阳活不卖力，被严格正瞅见。严格正知道逢老二是散乱脾气，说让逢老二带几个人去北地种玉米。严格正的话，昌于不满意。昌于问严格正，说严副队长，这么大事他能当家，说话算数？严格正说他说话算数。严格正瞟昌于一眼，话有力，还响亮，有点不耐烦。强老大在一边站着，似乎很神气，满不在乎，漫不经心，右手架腰，说话带刺，说他们这些人命在薛驰裤腰带上别着，万一麦子生了芽，变了霉，被薛驰逼出命来，问严格正担不担当得起责任？严格正说队长先前就说了，麦场的活先放放，先种小秋，中午加班晒麦。严格正知道他们这些人难缠，但话不能不说给他们听。逢老二一听，咬着牙，张嘴就骂，说队长算个球，让严格正赶快一边凉快去！强老大正恼薛驰恼得出血，又蹦出来一个严格正，现在逢老二与他不谋而合，自然感到又添了十足的劲，强老大说上午晒麦，就是他的主意。相红阴沉着脸，皮笑肉不笑，走到严格正跟前，说让严格正赶快走，别在这没事找事，说就王八吃秤砣——死了这条心吧，别敬酒不吃吃罚酒。

严格正没有请动一个人，心里十分恼火，但是又毫无办法，不得不离开麦场，走了。严格正想，他见了薛驰咋说呢？薛驰是麦秸火性人，要是知道这些人在这说三道四，薛驰肯定不会罢休。严格正左右为难，如果遮遮掩掩不说实话，耽误了种秋，最后事情抖出来，可能麻烦会更大。去年就出过类似的事情，严格正领着队委会几个人分红薯，先扒堆，后抓阄，先从北往南按抓阄分，老迪奶奶二号，数过了，分第二行再从南往北。刚开头，薛驰在北边大喊大叫，说严格正副队长是咋当的？当时都忙着分红薯，议论红薯，谁也没有顾着听薛驰在那边说些啥，严格正就赶快往北跑，看看北边到底发生了什么事。严格正来到薛驰跟前，看见薛驰气得那个样子，就问薛驰。可是呢，薛驰回答要多难听就有多难听，他说啥事，啥事，他严格正干的好事！说严格正要眼出气的？薛驰指着一堆红薯，说让严格正看看，看看，看看这大块大块都被那个死老婆子捡她堆上去了，说这两堆分给他严格正，他要不要？严格正一听是老迪奶奶把东边两堆红薯捡走了，是这事儿，也火了，严格正说他要，声音特别大。薛驰说严格正连猪脑子都不如。严格正也不是瓢茬，和薛驰对骂，说薛驰是狗。

两个人越骂越凶，结果就动手打起来了。眼花缭乱的老迪奶奶可慌了神，她听见是因为她偷了红薯的事，惹了麻烦，马上手忙脚乱，一股脑把自个抓阄那堆红薯往东扔，也不记得偷了多少块，也没计算又扔回去了多少块，就知道一个劲儿地扔。老迪奶奶的红薯堆小了，东边那堆红薯堆明显大了。

薛驰和严格正互不相让，村里的人越好心相劝，他们劲越大。解铃还须系铃人，老迪奶奶不得不红着脸，站在他俩对面，说都怨她了，她知道错了，要是薛驰和严格正再打架，她就碰死。两个人停了手，都累得上气不接下气，因为生怕老迪奶奶碰死，再说了，就这么多人在这儿站着，也不会让老迪奶奶就那么碰死。老迪奶奶的红薯堆没剩几块了，村里的人都大笑，薛驰也笑，严格正也笑了。

事后，薛驰找严格正赔礼道歉，他说自己一圈子不是，说严格正是知道他这个坏脾气，一时半会儿就是改不了，就当他是汽车，一下子刹不住，请严格正多包涵点，多谅解点。严格正说其实薛驰也没有给他道歉那个必要，他要是不知道薛驰那个臭脾气，还不和薛驰蹦哩，还不和薛驰吵呢！因为严格正知道薛驰敢说、敢当、敢担风险、敢硬碰硬，气头上执铡也敢钻。不过，得等薛驰说足说够，蹦足蹦够，无论对也罢，错也罢，事后薛驰总是为说出的话、做出的事后悔，后怕别人生气。

严格正说薛驰是好人，可是，就是好人太难当了，是好人不一定人人都说他好。像强老大这种人毕竟是人心隔肚皮，虎心隔毛衣。严格正预感到，如果薛驰有意外，发生不测，事情也会因强老大所起。是福不是祸，是祸躲不过，这事必须得向薛驰说说。

耿旺从公社买谷种回来，迎面正遇上严格正。耿旺对严格正说，说南地急着要谷种，他就不去北地了。耿旺把半布袋谷种递给严格正，并一再安排，趁着通知通知薛驰，说公社开队长会，九点二十到会。严格正听了耿旺这句话，这才一下子松了一口气，严格正拍了拍自己的胸脯，暗暗露出一点惊喜，说谢天谢地，老天爷有眼，就算薛驰想去麦场，时间也来不及了，再说，即使强老大铁石心肠，想找事，一个巴掌也拍不响。

公社队长会上，书记做了发言，副书记安排了下一步的工作，大会还制定了生产口号：放下包袱，抓紧时间，人力、物力，苦战三天种小秋。会议一直持续到下午两点多钟。散了会以后，薛驰就没有顾上在公社食堂吃饭，因为家里有生产队一大摊子农活都在那儿摆着，他十分着急，在这儿心稳不下来，所以就骑着自行车回村了。

薛驰回到村里，先是到地里转了转，他看见在太阳底下有几个男女劳力正拉着耧，都累得汗流浃背的。按说地里不应该就这么几个人干活，所以薛驰放心不下，就又赶快来到麦场，这一下薛驰的心里有些不是滋味了。薛驰转了转，麦场周围到处是麦子。他随手掂一把叉，挑挑那些厚厚的麦覆，下边有水，有泥，还有很多很多的麦子。薛驰就来到槐树林荫下，因为他知道，这儿是村里的人经常闲聊、休息、说笑、下棋、指手画脚的地方。他看见几个妇女在烟叶楼旁边围着逮虱子，有扎辫子的，都阴死阳活，这局面使薛驰非常生气。

“看薛驰咋对付咱吧？”有人在小声说话、议论，看薛驰能用什么办法来对付这些不干活的人。也有些人偷偷瞄薛驰，说待会儿就有好戏看了。当然也有人担心，说就他薛驰那犟脾气，想不出事也难。

薛驰站在槐树林南边，面朝北，双手掐着腰，大声在那儿发唠叨，说拉耧那些人在地里累死累活，说他们这些人倒好，在这儿闲着没事干，要是还能有点良心，就别在这儿闲着。薛驰说话，没有谁吭声，所以薛驰也就越说越起劲，越说越生气，最后说每人扣三天工分。薛驰一说扣工分，这下不得了了，槐树林子里顿时静得出奇，只是那些男男女女都瞪着眼。强老大也似乎变成了哑巴，因为站在这儿的薛驰与想象中的薛驰猛然间变化太大了。再说了，他们所做的事似乎也有点太离谱了。强老大知道，薛驰只要一来，那是非要发火不可的，没有想到薛驰的火气来得这么快。强老大脸红了，就不得不故意说给身边那几个人听，说他们要不这么折腾折腾，咋让薛驰发火呢？强老大是想找回点脸面。活都在那儿摆着，不干活吃什么，这个不干那个不干，生产队的活究竟由谁来干，强老大的心里比谁都明白，别说是薛驰生气，就是搁谁也不会无动于衷，即使有一点良心，也不会干出这样的窝囊事，因为延误种秋一天，地里墒情不等人。强老大出生在土疙瘩窝里，不是没有在林子里待过，也不是没有在太阳下晒过，也不是没有拉过耧，地里荒着不种秋，在这儿闲着没事干，脸就不红、不发烧？

薛驰招灾

薛驰像头狮子，大吼着，说让他们那些人好好想想，看看自己还是不是、还像不像庄稼人。即使不可怜可怜那些干活的人，也得往今后想一想，想想自己的孩子今后会不会有饭吃。薛驰的话并没有把强老大从睡梦中唤醒，强老大说一人做事一人当，说与他们这些人都没有关系，要打要罚就冲他强老大来。强老大这只狐狸终于露尾巴了，慢慢站起身，不在乎，不仅没有把薛驰当队长看，还把在这林子里所发生的一切，都由他一个人扛起来了。强老大这样做，无疑是和薛驰较上了劲。薛驰问强老大，说强老大有多大家产？问强老大又有多大能耐？薛驰走到强老大跟前，说现在是新世界，不是旧社会，说强老大一手遮不了天。强老大五尺多高的汉子，哪受过这等侮辱？问薛驰，说薛驰今儿把他们咋办吧？他强老大再三赔不是，杀人不过头落地。大家看着的啊！薛驰是应着他们大家伙来的，他们大家伙就看着办吧！强老大话音刚落，世长就阴沉着脸，把棋子朝地上狠劲一按，咬着牙，来到薛驰对面，问薛驰，说看这局势，这步棋非走不可了，四斜带方——吃！

俗话说，光棍不吃眼前亏。薛驰一头撞到南墙上，认死理。看这局势，这一回强老大、世长非把薛驰的理扭曲不可。

世长本来早就没有心思下棋了，现在强老大已经把事情掀出来了，这下一步能发展到哪儿，就看薛驰还认不认他的死理了？世长攥着拳头，两只大眼活像挪着脖子蹦出来似的，说强老大早就没有把他薛驰当官看了，他薛驰还真当自己是人物咧。世长说薛驰做官也真做到家啦，也不猪八戒照照镜子，看看自己，今儿要是想挨打，他们几个就成全薛驰。

槐树林子沸腾了，几只灰色的鸟雀盘旋在上空，啾啾啾没完没了地叫，往日那种喜悦欢乐的气氛一下子变得悲哀、沉闷，令人担忧，可怕起来。只是薛驰那种刚强无畏的性格与这个槐树林子极其的不相融洽。世长成了领头雁，男男女女几十口子人，都跟在世长后头，都拖着小碎步，似乎不像人在走动，又好像林子有强大的牵引力、触动力，并不偏向薛驰，只是一种凶兆在向薛驰一点一点靠近。“揍他！”“打他！”“打罢他，看谁能接下来！”槐树林里激荡着一阵一阵的喊声。薛驰一时傻了似的，愣愣地在那儿站着，因为他完全没有想到，他为这片槐树林子付出了多么大努力啊，现在这儿竟成了对他的聚集攻击之地。就这么一个走过南闯过北的人，干了几十年，从打土豪、分田地、游击战，与地主斗，与坏人斗，从来还没有谁把他撵得无处藏身。薛驰这一次知道什么是英雄落魄了，赶紧抓一把叉子，直接向逼来的那些人示威，他说看他们这些人谁敢过来，谁要是敢过来他就和他们拼。薛驰简直像头发了疯的狮子。

“大家都看见了？上。”强老大和世长看见薛驰凶巴巴地扑了过来，就命令式地大喊，让大家伙拿着叉子、扫帚、铁锹、扬场锨对付薛驰。叮叮咣咣，好一阵骚乱，好大的一个阵势，几十口子人“哗”一下子蜂拥而上，把薛驰围得严严实实。薛驰毕竟是官场上的老将，并没有被吓倒，两只手平稳举着叉子，左右扫开人群，绕过大粪坑东侧，一路往南，跑了。强老大和世长跟在后边，吆喝着追呀！薛驰跑了，都快追呀！真是惊天动地，那些喊声震耳欲聋，地里那些拉耧的人也都发了疯似的往村里跑。好手赶不上人多啊！薛驰并没有跑出去多远，再一次被围了起来。薛驰这一次被困，都可以来想一想他的处境吧！骂声接连不断，那一定是少不了的，有人也开始想动手打人了。薛驰已经意识到即将产生的后果，完全无计可施。现在，就现在，他不仅不是龙，一条小小的虫也不如了。这里全是那些男人的伟大，因为他们的女人投去的都是对自己丈夫钦佩的目光。他们那些女人从这一刻才开始知道，他们的男人那么伟大、那么勇敢、那么为人、那么好战。转眼之间，薛驰也不仅仅只是男人的天敌了，因为听到的是她们那些女人发出的仇恨、唾液和诅咒。

有人说给薛驰一点儿颜色看看；有人说薛驰就不知道王二麻子姓啥名谁；也有人说，看看薛驰那德行，就是县长、书记也不会给他撑腰。说薛驰有啥资格当队长，挨打是逞能换的。村子的南边站满了人，好像那里发生了天灾人祸，又好像地球与火星发生了碰撞。那场景，墙倒众人推，没谁拿自己当作哑巴。一个一个手舞足蹈的样子，气息十足的霸气，嘴里喷发出的就算不是绫罗绸缎，也成了金条。似乎所有的人，他们的鼻孔和嘴巴都长在一个脑袋上，整个身子上缝有无数个袖口，从头到脚又一当一的整齐和准确。说薛驰是孤门独户，不应该当队长；说薛驰没有后台，当队长是搬石头砸自己的脚。总之，就这个节骨眼上，薛驰再不是从前的那个样子了，现在虽然是以“人”的身份站在这哇哇乱叫的场合里，其实还不如一头骨瘦如柴的牛。即便是一头牛，日复一日、年复一年，为主人犁地耙地，几种几收，一旦病了，主人还要为它治病疗伤哩。

那些针对薛驰、满腹仇恨、抛头露面的人，就一针见血指出来，说不准薛驰再当队长。当然，也有人不能理解、惋惜，说薛驰到底图什么呢？不当官就活不下去了咋着？那么，到底薛驰为什么呢？在这种场合下他还是那么硬。薛驰的答案就是做到良心无愧，只要对大多数人有益，就坚持往前走。是啊！薛驰经常说过，他说为什么入党，入了党就应该听党的话，如果仅仅把入党看作招牌，为了做官、做大官，享福、炫耀，那哪还有那个必要入党呢？

村里的人渐渐地开始讨厌薛驰了。强老大直截了当，说薛驰能有多大本事，又能有多大能耐？说薛驰恁有本事、恁有能耐，咋从公社下来当无理查的生产队长哩？是啊！逢老二也问薛驰，说他恁有本事，咋回来当队长，不屈他薛驰的才呀？强老大不服气，说队长有啥了不起，不就敲敲铃、喊喊人、跑跑腿、开会讲讲话，会走路、不是哑巴、不是神经病、不是二球，哪个不能当队长？那么，到底强老大有没有能耐，还是比薛驰更有能耐？现在说话为时过早。要是看看强老大现在这个派头，甭说给强老大当队长，就是支部书记、公社书记、县长、省长也干得来；甭说百来号人，就是千军万马也照样领导得住。照他强老大自己的话说，只是没有生在做大官的那个地方，老天没有给他施展才华的机会。不仅仅是村里的人没有想到，薛驰也万万没有料到，无理查还隐藏着强老大这么厉害的人物。

薛驰的身子好像被绳索缠着，即使想践动都没有自由。右边强老大镪着，后边世长守着，逢老二在左边死死地盯着。只是单科站在父亲面前，拉着父亲的手。薛驰每动弹一下，几乎就要碰撞到儿子。单科脏兮兮的两只小脚，不知为什么没有穿鞋，是没有来得及穿鞋，还是不想穿鞋？身上那条粗棉布裤子，裤腰特别粗，一条老长老长的粗棉布线绳子系在裤腰上。白色的粗棉布上衣缝着黑扣。只是那张黑黝黝的脸蛋上挂着两行泪珠。单科一直在哭，用哭声想让父亲离开这个该死的地方。然而，单科的哭却是一种多余，并没有招来周围任何人的同情。薛驰亦然在强老大的威逼之下，退着，不得已地往南，一步步去了高坡。强老大强迫薛驰宣布今后不再干队长。但薛驰并没有被强老大的专横、霸道所压倒。薛驰说“队长”这个官虽然太小太小，在中国九百六十万平方公里土地上，或者说“队长”不算官，而这个封号不是说谁想要上头就给的，这代表了被给予的权力，他说他不能宣布强老大提出的要求。强老大不死心，一计不成，又使一计，逼着让薛驰在纸上画押。这一回，薛驰这块石头算是碰上了硬鸡蛋。

紧张的气氛，无情的拳脚，残酷的手段，都如同腊月的冰枝，在周围扫来绕去，单科不仅仅是在寒风中摇摆，承受，一直号哭着，叫着，说爹，咱们回家，咱们回家吧！逢老二死拧活拽把单科从薛驰手里夺过来，甩在一边，并发疯似的骂，说小兔崽子，竟敢咬他老家伙的手，小兔崽子，滚一边去吧！薛驰终于再也忍不了了，大喊，说逢老二，你也上有老下有小，就不怕坏良心，他薛驰触犯国法有国家处置，他们用这种非常手段进行压制，就不怕和下一代人结怨吗？薛驰怒视着两眼，说强老大，他薛驰告诉那些人，今天如果他们那些人不把他薛驰整死，后来他就一定把他们那些人整死。薛驰那种恨、那种愤怒，从来没有过，即便是那个时候的剿匪反霸，对待敌人，他那颗心也没有这般的仇恨。薛驰刚把单科从地上拉起来，猛然间被谁扯住了头，钻心的痛，双手也被死死拧住了。

官啊！官啊！人人都那么争着抢着要做。眼下从薛驰的官场也就不难看出门道了，这就是做官的好处，这就是现实社会：几时做官几时愁，为官乐趟门前路，终落可悲三辈忧，为官莫站风光地。天下人人都想做官，都想做好官；天下人人谁不怕做官，谁又不怕做不好官。为官一任造福一方，并不是这么容易的。

事物将随狂风大雨而颤动，反之将在温柔的阳光下接受烈日普照。阴冷晦暗的氛围使有的人把心裹得严严实实，他们想什么，他们希望什么，只有他们自己清楚。假如薛驰不再做队长，村里的人就事态太平了吗？薛驰对工作极为负责，公正无私，所以才坎坎坷坷，灾祸重重。因为有那么一些人，总是害怕别人，怕超过他们。工作好，他们就想方设法挑刺，聚众闹事；工作没有干好，他们就搞小汇报，说别人的坏话，以求他们自己达到目的。不知有多少人研究薛驰，包括他的那些要好的同事、伙计、上下级，都千方百计、绞尽脑汁踢他，玩弄他，想让他有官无权，有权得罪人，但又都败在了他的那张嘴下。薛驰仇家最多，村里那几个大户，日思梦想，拉帮结派，想找理由对付薛驰，可是一时又怕薛驰不好惹才没敢轻举妄动。几年前，将近秋收的一段时间，出过一桩这样的事，薛驰回来度假，也快到家了，天色已晚。都七八月天的时候，路两边的晚秋被阴风吹得沙沙直响，说起来也有点吓人。

薛驰一个人走在路上，眼看小路两边的玉米棵一片连着一片，有点说不出的咋惊，但是，更多的还是宽慰，因为看到了自己村里的玉米，毕竟是自己亲手买的种子。薛驰正当思绪翻滚，浮想联翩，突然玉米地里发出一种急速的、很乱的、超过风力的响声。薛驰扎下自行车，就轻手轻脚走进了玉米地。薛驰看见了，是一个人，一个女人，是决决在那儿掰玉米。薛驰走到决决面前，很亲切地叫着决嫂子，这样好减轻决决负重的心理。决决回头一看是薛驰，真吓坏了，那种害怕她从来没有过，“哎呀！俺娘耶！”不仅惊慌失措，腿也瘫在了地上，决决说可把她吓死了。做贼心虚的决决两眼的泪水立时像断了线的珠子，滚了出来，急忙解释，说弟呀，他可比他亲兄弟还亲呀！她就这一回呀，她可是好人呀，饶了她吧，千万别说出去呀，说薛驰可别告她呀，决决说她给薛驰磕头了！决决“扑通”跪下去了。乡邻乡亲的薛驰能说什么呢？什么话也没有说，可是他比说点什么还让决决害怕。薛驰毕竟是性情中人，放过了决决一马，强老大应该心中有数。人心都是肉长的，现在日头偏西了，薛驰再不是日当午，可是，强老大浑身上下除了骨头也是肉啊，心长的咋就不是地方了呢？为啥变得狠了呢？所以，薛驰不能不为以前的做法感到后悔，觉得对社会付出那么多，到头来落了个里外不是人，“冤”呀！

薛驰被那些人困着，耻视、侮辱、谩骂、攻击长达五六个小时。然而，薛驰一直没有松口，就是不说“不当队长”这句话。薛驰即使是死罪，也不该死在这些人的手里，还是从魔爪中逃了出去，当天晚上就去了公社，找公社党委政府干部处理这件非同小可的攻击干部一案。这件事党委政府干部不过问，说薛驰已不再是国家正式的商品粮干部。这个答案薛驰非常气愤，但是又毫无办法，就只能去县里，找县委县政府干部调查、了解并处理此案，然而他们给出的又是一个否定的答案，他们直截了当地说，说在基层出问题，应该有基层的公社处理，县委县政府不能插手过问这起民事纠纷。薛驰的问题应该有哪一级干部来处理？谁来给出这个答案？没有。为什么呢？薛驰心里比谁都清楚，在他工作期间，他经常与一些干部发生矛盾，工作中处处显示自己，总认为别人干得不好，所以很多干部都恨他，都想变法子整他、报复他、压制他，却一时都找不着充分的理由。穿大衫的终要碰上戴礼帽的，薛驰的路最终还是他自己走到了极顶。

事物都有正反两方面，还就是有那么一些整人的高手，天天提着裤子，闭着眼睛，想着整人的办法，从不去考虑工作，不考虑子孙，凡事“管他呢”！哪怕生个大孙子瞎了眼，二孙子没屁眼，三孙子断了手，四孙子断了脚，儿子小车跌山谷，全不当回事了。做官忘乎所以然了，一股脑儿歪主意，然而，待家败人亡了，待患重病花钱治不好了，待退居二线办事难了。待子孙臭名远扬了，这才后悔当初，要不是因为心太黑，要不是因为借刀杀人，丧尽天良，无论如何也不会弄成这个样子。后来才醒出一点头绪，该办的事情给人家办了，因为本身就是干部，拿着国家的工资，住着国家的公寓，自己本身就属“公”字的。给别人办了事，自己又落了好，何乐而不为呢？何必那么狼心狗肺呢？

在单科脑海里，自幼埋在心灵的记忆很难抹掉。所以，他这一辈子就记住了县委、县政府、公社干部。那天晚上，薛驰没有回家，家里人不知道薛驰去了哪儿，然而，村里的几百亩良田就那么搁着了，没有种上秋，多让人寒心哪！就那，强老大还嫌折腾得不够，不隔几个小时就到薛家去一趟，都像饿狼似的，好像他们有人生没有人管，一个一个脚下生烟，手上发音，踩得薛家的墙头咕咕咚咚直响，整个小院也似乎摇晃得要塌下去似的。薛驰一去不返，严格正副队长愁眉不展，只能唉声叹气，也病倒了。

荒废了一块一块良田，也就似乎已经亮出了强老大的一点能耐了。那么，能生根发芽的黄土地也被耽误了，生产队种秋剩下那么多的种子弄哪儿去了呢？说是没有人知道，到底有没有人知道，这些事又有谁能管得了？但强老大并不死心，一直就研究着对付薛驰的法子。薛驰走就走了，再研究又有什么用呢？有一天强老大揪住了琴丽，他问琴丽，薛驰去哪儿了，把薛驰交出来。琴丽去哪儿给强老大弄薛驰啊？连她自己都不知道薛驰去了哪儿。琴丽交不出薛驰，强老大并不死心，就是铁了心要找薛驰，一次一次疯狂地朝薛家扔砖头，砸泥块，甩棍棒，踩门。薛家的日子再也过不平静了。薛家如同不食人间烟火，如同居住在这百年的旧宅中，看看这哪里还像个家，哪里还像薛家小院呀？

一个深夜，薛驰又突然回家了，这无疑给死气沉沉的薛家小院带来了一丝宽慰。薛驰回家就跟琴丽说，他说他出去一趟，避避，避一阵子再回来。薛驰临走又再三叮嘱琴丽，说他走后，无论外面发生什么事，要她和单科都不要出门。琴丽问薛驰，问他到底去哪儿,能不能给她说一声？不要让她一直担心下去。薛驰叫她不要再问了。薛驰心里明白，琴丽多知道一点事，就多一分担忧，多一分挂念。薛驰伤心地流着泪，站在儿子单科床头，嘴里喃喃地说着，说，单科，爹对不起你，给你小小年纪就留下了那么大的创伤。薛驰眼泪一滴一滴向下滚，落在单科脸上。薛驰用他那张几度风雨的瘦脸，小心、轻轻地贴近单科脸颊，不敢大声哭，不是怕哭醒沉睡中的儿子，而是他要出远门，薛驰默默地祈祷，他说儿子啊！爹要走了……我走了以后，单科你千万千万听娘的话，啊，听娘的话，不要和他们那些人玩在一块儿。单科并没有睡着，静静地听着父亲的每一句轻声的嘱托，他知道是父亲做官得罪了那些人，不能在家了。

单科害怕父亲的那种哭，泪水一直在脸上淌。单科躺在被窝里，绷紧着心，一点也不敢动弹。夜尽管很深很深，琴丽仍在一边吟吟着哭泣，因为薛驰马上要离家了，琴丽更增加了几分放心不下，也更增加了对强老大的仇恨，对县委、县政府、对公社党委政府的不满。

薛驰是条汉子，强硬的汉子。但是，生活往往给强者设置的灾难要超出那些平平常常的人。最终薛驰还是软了下来，不得不离开家，走出那个破烂不堪的小院。薛驰临走的时候来到那片槐树林子里，他说老伙计啊，他薛驰给了这林子生命，林子也算为他们村贡献了绿叶，现在他薛驰落到了这步田地！林子也不管不问了。薛驰站在林子不远，只是听见蛐蛐……杂乱无章的鸣叫声，哇、哇、哇……无奏无序地绕耳，没有狗叫，周围也没有一丝亮光。

县和公社不过问薛驰因当生产队长被攻击一案，消息很快传到无理查村子里。强老大一听说，简直喜出望外。强老大是笑响了，但队委会只好解体，这样一来，生产队里的一切工作只好停止，很快形成了十八口子乱当家的局面。那几天里，无理查的人天天聚拢在麦场，议论风声，叫苦声不止，说三道四，该蹦出来的、该跳出来的，都像小丑一样展露了头肩。队长也没有了，也走了，这日子还有啥过头？很多人都这样认为，只是强老大暗暗得意，他说先把生产队麦子分掉，再把麦秸按人头也分了。理由很简单，说反正是没有队长了。到底有人站出来说话，耿旺说这么个分法不合适，说过日子不是住店，住店住一夜就走了，过日子比树叶还稠。该折腾也折腾得差不多了，够意思算了，别蹬鼻子上脸，气也出来了，薛驰也跑了，大家还得吃饭，孩子老婆都一大家的还得活着，老罗是这样说。老罗的说法毕竟站得住脚，要不然逢冲也不会赞同，说没有百亩不打百石的道理。逢冲同意老罗的说话，说锅是铁打的，种瓜得瓜，种豆得豆，要是都分了，就是地里种大活人，也长不出头发。严格正直截了当，挑明观点，他说他尽管不是官，还是坚持观点、立场，说不能把小麦全部分掉，得留够明年的麦种，麦秸也不能分，生产队还有几头牛，还有骡马，得吃草。谁说得对就赞同谁的，老罗、严格正说得对，结果大部分人不赞同强老大的意见了。胳膊还是没有拧过大腿，强老大只能见好收场。强老大一时风光，一时过瘾，没少招来议论和牢骚。说强老大一百个不是，一万个不是，并不是说给强老大一个人听，是说给强老大一伙人听。后来世长不满意了，说那些不站在强老大立场上的人，既不当官，又没有权，别在那儿瞎逞能，分不分碍他们那些人啥球事，想留让他们留自个儿那一份去，说他只管填饱肚子，今日有酒今朝醉，管他明天愁不愁。

正确的意见没有采纳，反面意见占了上风，结果还是把小麦全部分了，麦秸也到户了。强老大终于如了愿。逢老二也高兴得一蹦腰高，就扛着半袋子小麦，哼着小曲，说他走过了一洼又一洼，洼洼里头好庄稼……好个屁，好他娘的个头，看他明年喝西北风吧，败家子。耿旺瞪着眼，咬牙切齿道。

尽管是村里一点小小的回报，少少的收入，毕竟也是丰收的喜悦呀！所以，薛家也不能例外，也应该分到那些劳动成果。眼下薛驰虽然不在家，薛家仍然还是无理查一户人家。街上人来人往，趟趟不断，琴丽听说是生产队在分麦子，她就安排单科，说让单科去场里把麦子扛回来。单科临走的时候，琴丽特意安排，让单科记住，分多少要多少，千万别拿人家的，到麦场别多说话，多长个心眼。

天渐渐黑了，麦场里的人也越来越少，在通往麦场的路上，行人也少了。单科低着头，走着，走得很慢，心里扑通扑通地直跳，生怕遇见那些他不该看见的人。

强老大离开麦场最晚。因为，自从薛驰走了以后，强老大的心就被生产队长这个职位迷住了，一直把自己当成队长，总想过问村里大大小小的事情。那么，至于强老大能不能问得下来，出了问题能不能解决得了，别说别人心里没有数，就连他自己，他心里也是个未知数，只不过他只是觉得自己了不起，好像有多大能耐似的。

后来时间还不算很长，村里的人就把议论的焦点对准强老大了。有人说甭看强老大蹦跶蹦跶的，后来有他蹦跶不起来、笑不出声的时候。耿旺说他有典型的恐慌症，带有典型的绝望症。耿旺这么说他，其实也是无理查大部分人认为的。既然强老大有典型的恐慌症，典型的绝望症，那强老大还是不是当干部的料呢？严格正说，收麦种秋，老百姓都知道，也是最起码的常识，强老大倒好，却闹出了一场灾难。可是呢，事出来了，结果强老大啥招也没了。在强老大看来，好像就是世界的末日到了，或者马上就要发生一场大地震、大洪水、大瘟疫；又好像只剩最后一顿饭，明天就是战争，就要死亡，把人与人的恩恩怨怨强加在事物发展、成长上。觉得薛驰垮台了，土地就长不出庄稼来了，即使种上种子，种子也不会发芽了，麦穗打出来也成了秕谷，红薯也不是红薯了，好像就变成了石头。村里所有的土地、粮食、农具都成“薛”字号了，所以就得赶快分了，要不然就啥也得不到了。

强老大自认为胜利了，觉得打败了薛驰，该分就得赶紧分，该挖赶紧挖，该除掉的赶紧除掉，就是入地三尺刨出来，弄个一干二净，都认为啥都光光了，彻底没想望了，这才善罢甘休。强老大手握一把叉子，肩上扛了半袋子小麦，摇头晃脑，正走着，突然看见单科向这边走过来。这可让强老大可是喜出望外了。

强老大这种喜，是生气、绝望、恼怒，见了单科有气泄，能发愤，穷凶极恶的喜。单科偷偷瞄着强老大，只好往那儿一站，不敢走了。强老大就站在单科迎面，张口先是暗骂，说小兔崽子，终于露头了，他还以为薛家人再不出窝了，接下来就又温柔体贴，叫着单科，问他爹去哪儿了。单科一直低着头，吭都不敢吭一声。“大人不去不分给小孩，赶快叫你爹来，眼看麦场里就没有麦子了。”强老大贼溜溜只眼，看这架势，一脚把单科踹死，一锤把单科砸死，他强老大也不解恨。强老大想整治单科小孩子家，也简直是太容易了，用不着那么伤脑动神，绕那么多弯子。强老大习惯耸耸肩，嘴里嘟囔着，说不怕他个杂种不开口，看这一回老子咋收拾他。强老大把足足有三十几斤重半布袋小麦卸到单科肩上，说这是他家的小麦，让单科扛回家吧！单科瞅了瞅半布袋子小麦，又低下头了，还是不吭声，因为单科身子一直被压趴着。单科刚张嘴要哭，强老大右手已经扬了起来，说看他敢哭，敢哇一声老家伙打死他。强老大这么一吓唬，还真管用，单科就是一声不敢吭了，一滴眼泪也没敢落。强老大说好心帮薛家扛麦子，单科该报答他，哭、哭什么哭！看他那张嘴，和破箩筐差不多。强老大这一回骂，是下了血本了。单科毕竟是小孩子，强老大骂了一个孩子，还是有些神色慌张，就左顾右看、鬼鬼祟祟地从单科肩膀上卸掉那半布袋子小麦，扛着走了。这一次强老大与薛家虽是一起小小的决斗，但强老大占了上风，所以显得极为得意，非常满足，万分喜悦。因为他强老大终于当了一回家，既分得了粮食和农具，又征服了薛家。

“单科，我问你呢，咱分的麦子哩？”琴丽问单科。因为单科是空着两手回来的，并且眼里还流着泪。琴丽非常气愤，她说薛家也是无理查的人啊，不能就这样要死不活地把薛家灭了不成？

单科一边擦着泪，一边在院子里瞅着找，又到屋里看看，没有发现家里有小麦。单科走了，扭头就走，嘀咕着出了门。这可让琴丽有点惊慌失措，赶忙叫单科，问他去哪儿，单科头也不回，直奔强老大家。强老大家的门死死关着，院子里的东西一点也瞅不见，单科就扒着门缝，从门缝里扣着瞅。单科没有看见强老大从他身上卸下去的那半袋子小麦，就只好灰心丧气地回家了。单科回到家里，见到琴丽的第一句话，就说强老大偷了他家的麦子了，他亲眼看见的，强老大扛回家了。琴丽问单科，强老大还说啥了？“他说是咱家的麦子，他叫我扛，我扛不动，他就扛走了。”单科一副委屈难过的样子。琴丽拍了拍单科的头，说：“单科啊单科，孩子，你还真是个孩子啊！就算强老大胆子再大，也不敢当着咱庄恁多人扛咱家的麦子，他是骗你哄你，在你跟前故意使坏。再说，他偷还能让你看见啊？千万不要相信他的话，他是坏人。”

单科又回头去了麦场，麦场里就只剩下一小堆麦子了，单科没有敢靠近，在一边远远地站着看，生怕强老大再在那儿等着他。突然有人叫，说单科这会儿才来，就剩一堆了。单科一看，原来是严格正从房子里走了出来。严格正十分关切地抚摸着单科的头，安排单科，说快点吧，天就黑了，以后再听说分东西就慌紧点儿。单科眼巴巴地看着严格正，因为严格正在一点一点往袋子里装麦。严格正装着麦子，心里十分不是滋味，似乎希望单科现在能明白点什么，又似乎觉着单科什么也没有明白。严格正装好麦子，把麦袋子扎住口，背在肩上，一只手拉着单科，说到他长大了就啥都明白了。单科喊一声“叔！”但眼睛里的泪水遮瞒不住幼小的内心，看似明白了点什么！严格正领着单科回家，迈着沉甸甸的步子，思索着，说强老大再大能耐，为人再多，把生产队搞垮，就不是好鸟。

薛驰甩手一走就是几十天，音讯全无，这种情况下庄稼哪还有不荒的道理？地里的草一棵挨一棵疯长。瞅瞅人家邻村那些土地上，绿油油的喜欢人。大块大块芝麻苗黑油油的，还没有打出芝麻，就觉得芝麻油的香气已经绕到了嘴边上。再看看人家地里的那些高粱苗，那么青翠青翠的，随风悠悠飘飘，荡秋千似的，多招人有盼头。还有那一大块一大块地的红薯苗，叶叶都闪着亮光。然而，无理查的土地呢？属于他们的土地又种出了些什么呢？南地八十二亩，多好的黄土地啊。黄瓢瓢商品地，年年三四百斤的稳产田，现在种出还不到一亩地的苗儿，叫谁说谁能不想骂娘。北地一二百亩黑土淤，出苗不到二十亩；东地几百亩，一粒籽没有种上。那一大片一大片，一眼望都望不到边，净是些啥呢？草！真像古人说的：野火烧不尽，春风吹又生。猪殃殃、婆婆丁相互缠着、抱着、盘着，尖儿连着，风刮着不死，日晒着不衰。甭说外村人看不过去，他们自己也摇头啊！脸都往哪儿放啊？

常言说，是骡子是马拉出来遛遛。土地荒一秋，这还看不出来强老大的本事呀？耿旺和众敬说就算现在强老大长三头六臂，再想把小秋种上也晚了，除了一炷香烧活强家八辈老祖宗了。强老大也不是神仙，更没有那个本事把强家的老祖宗烧活，只能眼巴巴看着荒废的土地不长苗了。原来都看强老大是个顶呱呱的人物，说强老大手头好，嘴角好，身材又魁梧高大，现在都关门闭户，缺粮断顿了。总算认识强老大了，认识了又咋着？晚了。耽搁的是无理查的地，饿肚子的是无理查的人，强老大即使再恨薛驰，也不能拿着无理查的土地开这么大的玩笑，这是不是有点太过火了？但强老大铁心肠，自有他的说头。决决偷生产队玉米被薛驰发现，回家就吓出了一场大病，后来渐渐消瘦，现在落了皮包骨头露青筋。要不然强老大能会恁恨薛驰吗？能会恁狠心把几百亩小秋耽搁种吗？只能说薛驰该倒霉，无理查的人该倒霉。

“单科，过来，过来。”强老大看见单科，老远打招呼，叫单科去他身边。当然，单科觉得，能得到大人招呼、亲热也非常高兴，所以就如同暴风雨里的小绵羊，一时知足得忘乎了所以然，很快来到强老大身边。强老大非常高兴，把单科抱起来，问单科抱着是不是舒服？单科看了看强老大，微微露出一丝微笑，似乎很满足。强老大说天天抱着单科，今后就这样抱着摘枣、够柿子，还拽大苹果，问单科愿不愿意叫抱着？强老大能这样做，单科有不高兴的道理吗？所以单科特别乐意。强老大说从现在开始，今后一切得听他指挥，今后他叫单科干啥单科就得干啥。单科“噢”一下点了点头。强老大还特别强调，说单科刚才说过的话得算数。单科又“嗯”了一声。意思是一定算数。就这样，强老大和单科达成了协议。强老大开始出招了，先让单科学一学他怎么放屁的。强老大出招没有敢大声说话，贴着单科的脸，嘴对着耳朵，说让单科学一学，就学一下。可是，站在一旁的予四听见了。强老大毕竟是大男人，予四有些看不惯，说强老大可闲着没事干了，逗小孩子玩，不怕妇女听见笑话？予四几句话让强老大脸有些发红，不得不把单科放下去，然后喃喃地说：“予四叔，那有啥，又不是真的，就是学一学呗。”单科傻愣愣地站那儿了，瞅瞅予四，周围还有好些人，最后仰脸看看强老大。单科那么魂不守舍地瞄了一圈，没有想离开林子的意思，予四心烦了，瞪着眼吵，说单科，耳朵是不是塞棉花团了，还不走？

“嘿！单科走？他不会走。”强老六的话似乎很肯定，说单科不会走，他说这些树是他爹薛驰买的树种，是他爹亲手栽的，现在都长这么碗口粗了，再说烟叶楼也是经他爹亲手盖的，单科舍不得走。朝爷阴沉着脸，看着单科，似乎吃惊，其实是故意地那么“哦”了一下，随后又捋了捋胡子，“哦！他这孩子不傻呀？”然后又说，净胡扯，单科看强老大抱着舒服。朝爷这么一说，强老大反倒得意地笑了，问予四，说予四看见了吧，单科可是不想走哇！强老大又扭回来头，让单科学一学吧，学一学，大家都等着看呢？逢老二和相叔也耐不住性了，都说让单科学一学。坑北有几个妇女，都往男人这边扭头，看样子好像在议论些什么。

单科虽然是小孩子家，也毕竟有点难为情，还是“啊”了一下，就那么一下，可能是嫌这周围人太多，不好意思。单科这样做，给强老大似乎带来了一顿丰盛的午宴。不仅仅是强老大开心，那些男人也都前仰后合地笑，东倒西歪，坐没有坐相，摇头晃脑的，只是那些女人，她们的脸羞得通红通红的。

予四火了，腾地从地上爬起来，一个劲儿地就是骂，蹦着骂，说单科王八蛋，薛家咋生了他这个兔崽子，阴死阳活的，他娘的，把老家伙气死了，滚，王八蛋，薛家哪辈子作了孽，王八蛋，咋让他来这儿丢人现眼。单科从来没有被谁这么骂过，害怕极了，瞅就没有敢瞅予四一眼。予四是向着单科，还是与薛家有什么深仇大恨？其实什么关系也没有，只是觉着一种羞辱，很腌臜的羞辱，不想让薛家的人在这墙倒众人推的情况下弄得狼狈不堪。予四觉得，薛驰是倒了霉了，他不能随无理查的人瞎起哄，揪住小孩子去表现自己。单科学了，学了又咋样？无理查的人并没有因为单科学得很像而感到满足，相反还是恨到薛家骨子里去了，认为薛家坟地没劲了，以后只能平平淡淡，再不能出官。朝爷咧着嘴，板着脸，说给予四听，他说：“四啊，四，这你都看见了，你看单科那走势，他哪像有本事那样，一脚踩不死蚂蚁。”逢老大接过朝爷的话茬，高调怪腔，生怕周围这些人都是聋子，他说他老子做官到顶了，下辈人还能聪明吗？哈哈哈……都笑，所有的人都咧着嘴笑，哈哈哈……

人怕倒霉马掉膘，光棍大家抬。逢老大说薛家弄到这步田地，已经山穷水尽了，薛驰不离家出走，他在家能待得下去吗？逢老大说话在理，现在的薛家，由于村里所发生的一切，几乎是暗无天日了。这样一来，单科也只能整日整日闭门不出。

一落千丈

薛驰离家出走时间并不算很长，无理查所发生的事，大街小巷议论不少。说看土地荒了咋办，看明年吃啥？大家这样说，是说责任在谁吗？当然那是没有办法，说说出出恶气罢了。说一些人有种强横，就得有种叫人过好日子。明说暗骂，指鹿为马，又管什么用呢？老罗拿出了真凭实据，他说他到地里转了转，就那么一段时间，满地的全都是草，也不知道咋那么多的草，就瞅不见庄稼苗了，那些草一个劲儿长，就那么旱的天，草就是长个不停，到秋收才好看哩！严格正也那么说，当然，严格正也没有少到地里转悠，更没有少操心。这样议论来议论去，都不是傻子，谁都能听得出来，矛头的重点主要放在强老大身上，当然，对逢老二的评价也是低至顶点了。有人说有能耐把人家赶走，就得有能耐让村里人有饭吃。发唠叨的人说把人家赶走，这无疑是指薛驰。这就是说，薛驰走了，大家的饭碗也随之远去了。

有人说把庄稼安置上才算能耐，也有人说天天吵吵闹闹、议议论论，说眼下还笑得出来，秋后不哭才怪呢！予四说了掏心窝子话，他说姜还是老的辣，不服气也不中啊！有一天予四干脆面对面说给强老大听，他说强老大最爱动脑筋，好要小孩子那些小聪明，把招使出来，种上小秋，那才叫能到点子上了。这话面对面说给强老大，强老大还真没有招来对付予四。

有一天雷雨大作，真算得上雪中送炭啊。没出几小时，地里青禾禾一大片，别说小秋，就是那些叫不出名字的小草，都黝黑黝黑长出来了，发疯似的。这可真是一场千金难买的及时雨呀。雨下得是不赖，强老大可是烦了心了，挠头，真挠头啊！因为这雨在抽强老大的脸。强老大是庄稼人，知道这雨是轻是重，值多少钱，省多少钱，省多少力气，打多少粮食。

雨停了，强老大好像热锅上的蚂蚁，跑东家串西家，召集一堆人，要说干啥？开会呀！强老大似乎把心掏出来，就摆在了桌子上，他说，说实在的，他可知道季节不等人了，如果他们再不把小秋安置上，这一回真就晚了，再说也全完了。世长一听强老大话里有话，就问，听强老大这话音，莫非？……就是结块小红薯也比不插苗有希望吧！结个鸡头大玉米棒也比没有玉米苗强吧！强老大鼓足了劲,拿出想当生产队长那股勇气，摆了一番道理。世长接下来连问带说，说就他们这几个人种秋啊？几百亩土地呀！说强老大在这开玩笑吧？世长这半辈子就讨厌真狗熊假英雄那熊样，先说下，这活他不干。强老大扑闪扑闪眼皮，说只是先种上，种好种歹不重要，至于秋后咋办，咋分，以后再商量。强老大不敢大声，不是怕什么，是心里没有底气，只能以商量的口气，就那也是百分之一的把握也没有。予四噘着嘴、瞪着眼问强老大，说还不保证咱这些人分多少，白出力呀？有意思，叫他说呀，他是神经病，他说他不干！朝爷咧着嘴，跷着大拇指，“咳”了一下，他说他们这些人吃多撑得没事干了，朝爷问强老大，说今儿把他们这些人叫来，就为商量种秋啊？他以为选他当队长哩。说强老大想风光，拿他们这些人垫背，说强老大真聪明，聪明。相叔这个人也不是那么好糊弄，他说强老大组织开会，想要这些人为他卖命，那可不比攻击薛驰，这出力流汗的差事，得有人听他强老大的呀！一个一个都走了，强老大孤掌难鸣，一下子觉得自己完了，彻彻底底完蛋了，气个半死，骂他们那些人比乌龟还王八蛋。

强老大对抗薛驰，导致土地荒芜，这就不难理解他的内心，为了达到表现他自己的目的，不顺乎社会自然发展规律，给村里人物质和精神生活造成双重后果。主观上，强老大很容易组织一批人，其实是受到想走进生产队领导班子这个客观因素的制约。强老大统治少数人，为了实现自己的想法，也想让少数人达到目的，并没有考虑事情的复杂性，结果孤掌难鸣，就算一头撞到南墙，几百亩荒地、草地也变不了秋庄稼。强老大是活人，得吃饭，事因他起，得要脸啊！所以犯愁了。想来想去，还算没与严格正怎么僵局，所以，就决定去找严格正，商量商量种秋的事。

晚饭后，严格正家黑灯瞎火。强老大在严格正家大门外站了一会儿，没有听见里面有说话声，断定他们一家去了薛家。

琴丽的病越来越严重。俗话说，房屋有檩子柁着梁撑着。薛驰无影无踪，薛家可不就散了架了。一个好端端的家庭，因为做官弄到这步田地，说起来也真让人寒心。所以琴丽一直以来就万分感激严格正的妻子天霞。

晚饭，天霞来到琴丽家，又为琴丽收拾屋里院里，正在锅上锅下忙活，刷洗碗筷，打理狗鸡猪羊，这个时候严格正、老罗和予四来了，来打听薛驰的事。因为一直以来，都希望薛驰回来，赶快回来。其实，他们几个只是几句简短的絮叨，却给琴丽出了个大难题，弄得琴丽大泪不止。琴丽是想薛驰吗？当然这只是其一，更重要的是这些天她家的日子太不好过了。单科不敢出门，只要一迈出薛家这个大门，挨骂，受羞辱，遭耻辱，无理查的人根本就不把单科当人看。晚间的薛家小院虽不寒冷，只是无理查周围这人为的空气，让人感到冰冷。几个人来到薛家，看望琴丽，让琴丽感到格外的温暖，所以再也控制不住发自内心的感情。耿旺搂着单科，温柔、亲切，那种温柔和亲切是发自一种善良和呵护的情感。耿旺为缓和薛家这小屋里的空气，戏逗单科，耿旺说自己是大好人，菩萨心肠，他不像强老大。耿旺问单科，说小孩子家不能撒谎，问他爹去哪儿了，只要说出来，往后天天抱着给单科拽大苹果、摘大红枣吃。耿旺几句话，逗得那些大人都笑了，琴丽也笑了。琴丽不让耿旺再逗单科了，她说别说单科，谁也不知道他爹去哪儿了。琴丽说薛驰是半夜走的，临走时就说十天半月不回来，后来就再也没有说啥了。

强老大是身在宝中不识宝，天天折腾，折腾，土地荒了，挨骂了，过瘾了！活该！一个一个没有能力，还哇哇叫，不嫌丢人，不知道脸红。无理查的土地荒了，毕竟也有予四家的份，所以予四生气。也不能全怨强老大，琴丽说单科他爹脾气太不中，谁说也不改，吃招了，知道轻重了，晚了，就是回来也不叫他再当队长了。人家说江山易改，本性难移，这一回非叫他改了不中。

薛家有人，不少，议论纷纷，强老大听得清清楚楚，而且是在议论他，强老大可气坏了。强老大来找严格正，因为他知道严格正就在薛家。强老大刚站在薛家大门外还没有来得及喘气，忽听院子里叽叽喳喳说话，是在议论他强老大，并且有人还在骂他，这下强老大可恼羞成怒了。强老大心想，冷不防挨你们这些人一顿臭骂，真他奶奶的倒霉。强老大说这事儿要是搁二十几天前，他要不敢踹开薛家的大门，他就是孙子养的；要搁二十几天前，他要不敢扒掉耿旺一层皮，抽走老罗的筋骨，要不骂严格正狗血淋头，他就是妮子生的。现在强老大发狠有什么用啊？说来说去这是二十几天后的今天啊，强老大不能不掂量掂量，只能竖着耳朵，站在黑咕隆咚的小街上，隔着薛家的门缝偷听。就那他也害怕被别人看见，偷听墙根，要是人家知道了多丢人啊！强老大越听越生气，真想踹开薛家的大门，但他不敢，头都要气炸了，只能咬牙切齿，诅咒，说咋不赶快让薛家这房子塌下来呀！把他们都砸死，嘴砸稀巴烂，牙都砸掉，让他们永远闭上。老天爷咋不让薛家这片天漏下来，宅子泄下去，让他们都下十八层地狱。强老大即使狠命地骂也不敢出声，毕竟心里虚呀！

要秋收了，外出讨饭的人家也都陆陆续续回来了：有的带着老婆孩子，挑满满一担东西，看样子挺高兴的劲；有的背着铺盖，拄着拐杖，东西虽不多，看起来也不像发愁的样子；也有的推着独轮车，车子上东西不少，有些旧衣服，还有些棍棍棒棒的，大概是烧火做饭用的。他们回来的那些人，劲都挺足的，好像既不为吃犯愁也不为烧犯愁。有些人家在外大概遇到了较好的主人家，捎回来不少米面，还有粮票。这个时候薛驰也回来了，因为他也是这村里的人啊！

薛家变了：一只小黑狗卧在东边墙根下，身子上落了几片若带半边青色的、稍微枯黄的榆叶；几只鸡侧身子躺着，有的还不时地扑闪扑闪翅膀；那头黑不溜秋的母猪，瘦儿吧唧的，两张肚皮一抖一抖的好像埋在了猪圈土窝里；只是那只老灰羊，单科小时候经常吃它的奶，薛驰舍不得把它卖掉，就一直留着它，眼看老灰羊一天一天消瘦，两只孤零零的大眼盯着大门，好像能得到好吃的东西。尽管院子里养着那么多的小动物，但都有气无力地活着，小院里还是显得太静太静，让薛驰不敢相信这就是家。薛驰走进大门里，在那儿站了好大一阵子，心渐渐地软了、酸了，眼泪啪啪直落。薛驰说过去的那个小院是时常的热闹和温暖啊！那个时候的薛家，当薛驰回来，院子里围着老人和孩子，那些妇女、幼儿，脸透着笑，偎依着幸福的样子，都是那么如同春天一般绽放和豪爽。大人说话，孩子蹦跳，一支香烟，心不隔心，墙不隔墙，老远老远就是叔伯兄弟的问候。一块糖，迎来一群孩子，送走一群娃娃，都是那么天真可爱。今天怎么了？从大街到小巷，人人都斜着眼，仇人一般，在躲避着他，薛驰心寒呀！“单科他娘……单科他娘……”薛驰渐渐地往堂屋走去，一边叫着单科的母亲，声音颤抖、低沉、轻微，想哭，却又拿不出勇气，一边慢悠悠地张望着。

琴丽从来就没有迈出过薛家的这个小院，就那么强支撑着双腿，吃力地拖着疲惫的身子，做些力所能及的家务。琴丽听到喊声，知道是自己的丈夫薛驰回来了，就从床上坐起来，准备下床，这个时候，薛驰已经来到了琴丽的身边。琴丽看到薛驰，如同相隔三十年的相见，哭不成声，泪水交加。薛驰紧紧地拥抱着自己的妻子，安慰她，说他娘，别哭了，啊！别哭了，我这不是回来了吗！啊，别再哭了，啊！琴丽能不哭吗？她是可怜薛驰吗？不是的。薛驰走后的这些日日夜夜里，她是怎样生活过来的？单科又是怎样承受各种打击的？没有丈夫的家、没有爹的孩子，原来就是这个样子。琴丽痛哭流涕，薛驰心如刀绞，眼泪纵横，泣不成声。薛驰抱着琴丽，两个人泪水流在一起，心粘在一起，都有无法诉说的痛苦和说不完的仇恨。哭不完的泪，说不完的话，毕竟一家人家是团圆了。这个时候薛驰忽然想起了儿子，就问琴丽，说单科上哪儿去了？因为薛驰临走的时候安排过琴丽，说不让单科外出。琴丽说单科上学去了。琴丽说单科上学，这让薛驰感到有些惊奇。因为薛驰临走的时候安排过琴丽，不让单科外出，薛驰突然回来没有看见单科，自然而然心中挂念。“也有比单科小的，也有比单科大的，都送学校读书，咱也不能把孩子耽搁了呀！”琴丽十分忧虑地说。

严格正听说薛驰回来了，简直是喜从天降，晚饭没有顾得吃，就推开了薛家的大门。严格正看到了薛驰，可想那种感受吧！严格正拉着薛驰的手，责怪、同情而又伤心，说他悠闲了一大圈子，村里的土地可是全荒完了呀。严格正笑着，眼角里流着泪，心酸痛酸痛的，他们就如同几十年的老朋友，好像生死与共的老战友，都是有着一肚子的话，又都说不出来。严格正掏出心底的话，他说哥啊！到明年啊，村里外出要饭的人数要比今年多得多呀！薛驰紧紧拉住严格正的手，说兄弟，在家受苦了，可是都没有办法呀！这一回他可是知道这官难做呀！是真不好当呀！寒心，寒心啊！薛驰何尝不寒心啊！他说表面上看算是个干部，实际上县和公社两级政府根本就不把基层干部当干部看，用着他们了，他们就成爷爷了，要是他们有了难处，遇到麻烦事了，那他们就可该活该了，他们就成了孙子加孙子了，谁也不会再管他们了。

不经一事不长一智，强老大经过这么一番折腾，严格正总算从中看出来一点门道了。但是薛驰又怎么认为呢？薛驰说这件事能怨强老大吗？是上边瞎胡闹，鼓弄百姓拆基层干部的后台，故意引导让少数人拉帮结派，下边一旦搞出问题，上面就推诿，扯皮，推脱责任，借口调离，张口调换。薛驰说他们是稳塔牌的、永久牌的；而上边那些人，他们可是飞鸽牌的。

晚饭，经薛驰再三挽留，总算把严格正、相叔几个人留了下来。毕竟是一顿庆宴，一来为薛驰接风洗尘，二来也是大家团圆，所以天霞就忙活了很长时间，做了很多菜，薛驰拿出珍藏多年的好酒，真是成了菜香满屋，酒飘满园。几个人一边喝一边唠，不知不觉之中还是把话题扯到生产队工作上。薛驰说他彻底对生产队长这个官心灰意冷了，今后啊就啥都不干了，安心做个好社员。薛驰说这几个月里他总想一个问题，为什么谁为老百姓拼死拼活干，真心工作，谁就倒霉？谁灾难就多？薛驰一向高腔怪调说话，很快招来琴丽的警觉。琴丽说做不做官都照样吃饭，也用不着那么大的声音。天霞也意识到隔墙有耳的道理，说要是让他们那些人听见，说不定哪一天又被那些混蛋告到公社。薛驰还是那么个德行，硬，不服气，不在乎，他说他现在两袖清风了，一个地地道道的社员，他怕啥？薛驰再不想干队长了，虽然在严格正的预料之中，但严格正还是不想得到这样的答案。所以严格正劝薛驰，让他继续干队长，并且说，如果强老大他们再敢无事生非，他们就和那些人拼。

毕竟一个人承受痛苦的能力是有限的，就薛驰那性格，已经决定了他必须要面临现在的这种处境。这也就是说，有的人在痛苦中寻找欢乐，最后取得成功；有的人设法摆脱痛苦，逃避现实；还有一些人随波逐流。所有这些或许就是人生在心灵中激起的某种力量进而达到的结果吧！薛驰是属于哪一种呢？他说他也不是非干队长不中，也用不着因为干队长跟那些人拼，干队长只是因为入党时候在党旗面前的宣誓，是党的工作需要,所以,从公社回来才当了生产队长。现在万万没有想到，还是自己缺乏这个能力。老罗诚恳地说不是当不当队长，不当队长照样能吃饭，只是说这么大一个生产队总得有个人领头，有人领着干吧！干，也只是干好干歹的事，他们那一小班，也有人能当队长，也有那个料，再说他们当队长，这些人也不拆他们的台。薛驰尽管是掏心窝子话说，但强老大他们会相信？照耿旺的说法，他们心歪着呢！他们并不像薛驰想象的。老罗说他们天天踢打葫芦逗打瓢的，别说当队长，家长也当不好！把生产队几百口人交给他们，谁能放心得下？

薛驰回来的消息很快传遍了三里五村，无理查的人更是人人皆知了。薛驰回来第三天，村子里就不太平了，就开始刮风，风刮得越来越大，台风一样山摇地动，给薛家带来了一次史无前例的大灾难。就那几个小时，大街小巷站满了人。因为是薛家出了事，自然而然，薛家的门里门外是不会平静了。人来人往、风风火火、是非曲直，村子里如同开了锅。即使那些天天悠闲自得的人，天天趟趟不断七嘴八舌的人，也不讲后果、不顾后果了，只管驴天马地地扯吧！谁也不知道怎么回事，谁也弄不明白怎么回事。只是薛家小院那只小黑狗“汪汪”不停地叫。留意薛家院子里，原来是来了两个不凡的人物，气气派派的样子、耀武扬威的样子，其中一个双手掐着腰，弓着身子，脚成八字形，站在那儿，对薛驰说，他们是县组织部的。那个双手掐腰的人指着另外一个人，说他是公社的鬼干事。双手掐腰的那个人刚把话说完，鬼干事就接过话茬，指着那个双手掐腰的人，说他姓整，这次就是来处理你的问题的，指着薛驰，神气高傲、带着鄙视的样子看着薛驰说。薛驰瞅了瞅，露一丝冷笑，他认得这两个人。姓整的高个子在县委办公室，先前是办事员，要笔杆子闹不少笑话。有一回往地区报表，把五保户写成“无宝户”，猪上圈读成“猪上圈（quān）”，井淘泥沙写成“井逃泥沙”。只因老爹在霸道县做县委书记，自然而然整也就成干部的料了。

老罗有些担心地看了看薛驰，只是对身边的严山说，说薛驰降级就是他捏造的，指着那个高个子。矮个子也不是简单人物，听说是书记喂养的一条狗，还带花纹，看看他人不人鬼不鬼那样，有人就想在一边骂。毕竟还是有人了解一点底细，耿旺解释，说传闻不是说矮个子，是说矮个子的老婆。要说起女人，大概也就没有多少好听话了。予平深话里有话，说娶个这样的老婆也不赖，能让男人升官发财。严格正一听予平深那么说，咧嘴了，说漏底话，狗屁吧！谁娶这样的老婆还愁不败家！

来者不善，善者不来。薛驰知道得透清，所以既不给整办事员让座递烟，也不给鬼干事沏茶倒水，更没有客套恭维话，把一高一矮两个人冷冰冰地晾在了薛家小院里。姓整的有些不自在，觉得从来没有过的寒战，说他们今天来的目的，是征求薛驰本人的意见，说薛驰为组织工作十几年了，猛然间没有工作，也不符合组织原则。姓鬼的瞟了薛驰一眼，赶紧补充说，说薛驰有事业心，又有丰富的管理经验，只是无理查的那些马不够健壮，让薛驰饲养马，这也是服从上面的分配，也是组织的宗旨，符合组织原则，养马也是工作需要。鬼和整两个人一唱一和，配合得天衣无缝。姓鬼的说召开社员大会，宣布公社党委政府这个决定，姓鬼的话还没有说完，姓整的便马上给姓鬼的使了眼色，并说他看没必要吧！收拾收拾，明天就可以上班了。

薛驰在无理查似乎就是最关键的人物了，薛驰的一言一行、风吹草动，凡是与薛驰有关的，即使放个屁，薛驰也难逃干系。薛驰养马，消息很快传开了，农村自不消说了，一传十、十传百，什么也堵不住农民的嘴。只是县直属的那些单位，公社各个部门，都在高奏凯歌，谈笑风生，说薛驰终于做到头了。恨薛驰的那些干部站了出来，被他批斗过、整治过的人露了头，说薛驰官场上的这么一个傲将，现在终于败下了阵。薛驰为官咋样？又咋着？还不是多年为官一日落，如幕如纱露原形。有人说薛驰为群众工作落到这一步，其实就是那些干部逼他到这一步；有人说薛驰群众基础好，其实站出来反对他的还都是那些群众，大概是上天注定了薛驰的命运吧！因为，即使今天薛驰不养马，明天也可能喂牛，或许后天养猪、放羊，就是薛驰今天躲过了初一，也躲不过十五那天的命运。

几个月前薛驰躲过的那些灾难，今天终于有了结论：那时候薛驰跑了，说是害怕劳动；薛驰受村里人的攻击，说是为人不好；薛驰离家导致土地荒芜，是说薛驰不会领导生产；薛驰不当队长了，是说他能力差。散布最广、传得最神的是姓整的和姓鬼的对薛驰的评价，说薛驰根本就不是当干部的料，一个百来口人的村子就被领导得稀里哗啦，咋能不会被连降三级。

薛驰说他还不该死罪，甭管县公社怎样评价他，他心里明白，不就是把那些当官的给得罪了吗？别说养马，就是养乌龟、喂老鼠、抓起来枪毙，一年小秋耽误罢了。薛驰是在宽自己的心、泄自己的愤吗？不是的，是那些干部在泄愤报复，无中生有。

薛驰和全家都搬进了马棚隔壁。他们住的那间屋子就是用玉米秸撑起来的。这样的屋子撑起来很简单，挡不了多少寒风，也避不了多少雨雪，为什么这么说呢？上面垒得老高，尖尖的，下面很宽，用七八根十几米长的棍子撑着，屋子两头再用两根棍子连着，宽度大概一米多，从上到下形成四十五度坡，坡两边铺了一层厚厚的玉米秸。夏天最难熬，太阳一出，里面透不过气，不仅炎热，一到晚上蚊虫还特别多，更糟糕的是老鼠到处出没，找食吃，整夜整夜龇牙地啄食吃，搅得一家人难以入睡。冬天日子也不好过，刮风、下雪，都冻得够呛，有时候四周挤来那些寒气，把一家人逼得只好躲在被窝里，夜里被尿憋得实在受不了，就瞪着眼，坚持熬到天亮。整夜整夜不敢露头是最痛苦的事。

马棚是两间门朝南的土屋，里面有一个走道，二尺来宽，挨着东山墙，往右拐屋梁下放一个大水缸。可别小看了这个大水缸，需要十几筲水才能把缸担满。由于水缸太大，占地面积太多，所以就只能紧挨着马槽放。水缸和马槽夹脚的地方经常保持着半袋马料。马棚里拴着两排马，都是南北排着，头朝东。每排都是十根柱子。柱子作用很大，既能拴马，又可以把一根一根柱子牢牢地连在一块。即使有的时候那些马不听话，或者厮打，也不至于把柱子拉歪。十几匹马都很瘦，毛鬃特别乱，显得非常难看。

薛驰这个曾经走南闯北的人，今天把自己的活动范围缩小得不能再小了。薛驰在不足几十平方米的地方进进出出，忙忙碌碌，天天与十几匹马打交道。这虽然不是他想要的结局，也不能不说是他在做官的道路上一个煞尾。薛驰自己也觉得可笑，不仅仅于此，还包含着那些所谓领导可悲的一面，当然也更可笑！可叹！

终于盼来了薛驰结束队长之后的这年秋收。那么，收成如何？从村里人的忙活劲上，大概很难看得出来。天明到天黑，扫啊！扫啊！一篮子一篮子的扤啊！扤啊！其实都是一些什么呢？老长的老草秧，脆薄脆薄的老树叶，都那么拼着命地往家弄，堆满了猪圈、羊棚，堆满了厨房。烧锅的柴火有了，解决了忧愁、烦恼。地里没有种那么多的籽，大长一年粮食问题怎么办？村里误了一年的收成，都还是觉得心里憋屈。这一天早饭后，村里那些把式从马棚里把马牵出来，因为知道薛驰已经把马喂饱了，所以就上了套，装了犁耙，把式手里握着鞭，赶着牲口拉着一辆一辆拖车，吆喝着，上了地。

老远老远就能闻到黑泥渍腥、灰土粪和沤草青气。因为村里的人已经开始撒粪干活了。劳动也是一种收获吧，不为今天为明年，不为自己为村里。村里的人都依旧不怕辛苦，不怕肮脏，不怕流汗，精心、细致地整理每寸土地，编织他们的希望和未来。

那些马都掏了一大晌力，把式一个一个也收了缰绳，准备让各自的马牵回家，趁晌午头吃饭的时候让马歇歇脚。撒粪的那些人看把式卸了套，准备回家，手也停止撒粪了，因为也累了一大上午，手磨得红肿红肿的。“收工了，收工了。”队长这时候才开始吆喝，说让回家，男人该挑水的赶紧回家挑水，妇女该做饭的赶紧回家做饭，别耽误下午干活。当然，队长这样吆喝，主要是强调妇女，因为妇女的家务事多，刷锅做饭，喂猪喂羊，有些妇女怀里还有吃奶的孩子。队长放心不下，才在临下工的时候那么多余地强调一下。地里人都走得差不多了，田野里也就显得更加空阔和令人恐慌。因为这个季节正是万物萧条的时候，自然而然风也就显得多，一会儿一阵子，一会儿一个，不知搁哪儿就会冒出来一股子，又不知道搁哪儿又忽然不见了，奇奇怪怪的、神经兮兮的，让人防不胜防。才似乎刚刚清静了一会儿，风又来了，还挺大，狂傲着，搜索着打着旋，发出响声。说是风，似乎蒙上了神秘的阴影，带着绝望和痛苦的样子，带着惋惜和愤怒的样子，带着张牙舞爪的样子，翩翩悬进坟场。那片坟场，坟特别多，坟头也都特别大，看上去就让人心里发毛，足能给那些想象奇特的人找到说话的理由。听强水说过，他说是朝爷说的，其实朝爷也没有亲眼见过，说人死后有魂。无理查那些上了年纪的人不少都那么讲。薛驰说他爹也讲过，严山说他娘也讲过，都说这片坟阴气大。但都没有亲眼见过，又都不是阴阳仙，阴气大小也没有个尺寸来丈量，自然而然，说法都不可靠。再说了也不能死一回，去试一试，反正给人是一种阴森森的感觉，害怕的感觉。这时候忽然偏偏从坟场里冒出来一阵风，还挺大，卷着旋涡，一会儿把整个坟场上空都覆盖了。哪想到旋风是五颜六色的，因为半个天空都是，要不然怎么能显示出旋风的力量大呢？纸屑、碎叶、枝杈、飞沙扬尘，给本来就神秘的坟场又蒙上更神秘的色彩。难怪无理查的人说上午头鬼露头，晚近黑鬼拉车。恰这时候，南北小路上来了一个七八岁的小男孩，正往这边走。他就是单科，放学后躲避了比他年龄大的那些孩子，即使他的那几个要好的朋友，比如驮子、贯贯、柱柱也成了他不能接近的人了。

单科是从无理查南两公里的“成著学校”放学回来的。单科刚入学不久，在那儿读书，读小学一年级。由于成著学校离无理查近，无理查的孩子都去那儿读书。成著学校开设小学和初中，十几个教学班，不仅仅无理查的孩子在成著学校读书，就是方圆十里八村，那些孩子也是来成著学校读书的。由于单科有负重心理、害怕心理，就躲着所有的学生，等他们都走远了，路上没有人了，清静了，单科才轻松大胆地往家走。突然，前边不远，东西路和南北路交叉口，从沟里冒出一缕黑烟，引起了单科的警觉。单科正想着往前走，忽然听到有人叫，说单科，快，快点，再找点柴火。原来是逢子，逢子叫罢单科又爬沟里去了。逢子说一会儿让单科吃烧红薯。逢子两眼熏得像哭三天三夜似的，啪啪滴着泪，还不时地向沟上边催单科，说单科，唉，咋了？让单科快去拾柴火。单科好像没有听见逢子说话，并不理睬逢子。单科站在沟上边一直不动，沟里那些烧红薯的柴火眼看就要烧完了，方聂也急了，也催单科，说单科再不去找柴火，一会儿红薯烧好急死也不让他吃。

单科想吃红薯，甜甜的，想来想去一转身走了，找柴火去了。单科并没有拾几根柴火，猛然想起娘的话，娘说以后不要跟那些坏人玩，转眼一想停住了手。单科说他们这些人说话不算数，那时候他爹不在家，单科和他们一块去耀平庄看大戏，唱的《朝阳沟》，戏一结束，他们把单科撇那儿不管了。

那是一天晚上，离村五里外耀平庄唱大戏《朝阳沟》，村里的人都把银环传出神了，说银环长多好看多好看，戏唱多好听多好听，说银环又是城里人，谁要娶上像银环那样的女人做老婆，那才真叫有福。单科咋不想听戏呀，看看银环这个高中生长啥样子。天要黑了，单科就偷着从家溜出来。单科看见前大街几个中学生聚在一块正要去听戏，单科就凑了过去。几个中学生看见单科，就亲热地把单科叫了过去。逢子自告奋勇，他说先背单科一会儿。逢子背着单科走了一段路，后来几个中学生又轮换班把单科背到离耀平庄还有二里多路的地方，一块好大的玉米地，就把单科放在了那儿。逢子说他去屙屎，就一头插进玉米地里。接下来，有的说去尿尿，还有的说去屙屎。屙屎的屙屎，尿尿的尿尿，一会儿都走了，单科就乖乖地站在路边傻等，等着他们回来背着去听戏。单科一等再等，天黑咕隆咚了，几个人都没有回来，单科急坏了。玉米叶被风刮得沙沙直响，单科哭了，不知道往哪儿走了，这时候，过路看戏的人把单科领到了戏场上。

戏场上人特别多，特别热脑，乱哄哄的，戏场周围有不少人在走动，说话声、喊声、吆喝声，喇叭里还不时传出来刺耳的声音，“坐好了，坐好了，再不坐好这戏咱就不唱了啊！”从远处看，戏台子上边也有人，不是唱戏的，是看戏的，猫着腰，扎着想跑的架势。戏台子下边人多，单科不敢往里边挤，就透过人缝瞅。单科心里不定犹，绕着又去了后台，后台子上也有人，转来转去的，单科一会儿又什么也瞅不见了，只能绕着戏场子周围转。一连转了好几圈，总算看见自己村的大人了，这才放下心，准备看完戏后和他们一块儿回家。

离戏场不远有一个矮墙，上边站好多小孩。从矮墙向戏台子望，看不见戏台子上的人脸，只是那些唱戏的人像小泥人，脸都花不溜秋的。一直站着，实在是太累了。单科从矮墙上下来，只好蹲在矮墙边听戏。

这时候，两三个人在戏台上来来往往地忙活：卷帷幕、解棍绳、脱衣装箱，只是两盏灯微亮着，喇叭也不响了，早已收了线，看样子戏台子下边早就没有人了。四周空阔，除了微亮的灯，黑黑压压一片，脚下到处是些砖块、砖坯、棍棒，乱七八糟，到处都是。单科醒来，眼前的一切，让单科茫然不知所措，单科狼嚎般大哭，说娘啊，娘啊！

村里的人（第二篇）

逢凶化吉

单科的哭声打破了宁静的黑夜。是啊！别说小小年纪的单科，就是一个成年人，先前的喧闹，人山人海，乱哄哄的，一觉醒来，四周没有一丝风，阴阴森森一大片，出奇般地可怕，眼前一切全变样了。“孩子，先别哭，你说说，你说说你是哪庄的？”单科的哭声惊动了耀平庄的人，一位叫耀为的医生再三询问，问单科叫啥，哪个庄的。然而，单科只是一个劲儿地大哭，泪流满面，哽咽着，呜呜着……呜呜着……说，只是一个劲儿地哭，再也吐不出第二个字来。单科号哭，惊吓得再也说不出话，耀为心急火燎，一时可怜得也流下了眼泪，耀为说这可该怎么办是好呀？耀为把单科抱起来，苦口婆心地劝，安慰，问孩子他爹叫啥？说他爹叫啥耀为好送单科回家。耀为这么问，单科一心想回家的心理防线被打开了。单科说他爹叫薛驰。耀平庄的人听说这是薛驰的儿子，那些男男女女才松了一口气。耀为赶快给单科找了一间十分干净舒适的房间，又把耀为自己的被褥、床单给单科铺好，还给单科倒上开水，耀为陪着单科住，可算是对单科百般体贴呵护啊！但是，单科无论如何不肯住下，不仅哭着不睡觉，还哭着要走，这又让耀为作了大难。万般无奈，耀为和队委会几个人只好连夜背着单科，把单科送回了无理查。对于单科，提起耀平庄看戏，那是一段伤心的往事，单科终生难忘。单科说逢子和逢老大一样，都是头上长疮，脚下流脓，坏极了。单科说方聂就不该是予四的儿子。单科越想越觉得那些人都狼心狗肺。

逢子左等右等不见单科回来，好像身边少了点什么。逢子赶紧从沟里爬出来，看见单科正走，就急急忙忙地去拦，问单科咋走哇？不是说好叫他拾柴火吗？他咋走哇？他们不是说好吃红薯吗？快，走，回去吃红薯去。单科并不领会逢子那一套，也不说话，挣脱着逢子的手。方聂也想从沟里爬出来，刚露头，突然发了疯似的大叫，说逢子，逢子，大旋风。方聂说罢，没敢怠慢，秃噜一下又进了沟，趴在了沟半坡上。

一个特别大的旋风，正拧着劲往上蹿，越蹿越高，足足三四丈，风劲还特别大，刮起来还特别急、特别猛，一会儿笼罩了大半空，天灰蒙蒙的，像要塌下来似的。逢子听到方聂的喊声，动也没动，立马抓住单科的两肩。逢子的头抵着单科的脊梁，死死卡住单科，让单科一丝也动弹不了，使单科的身子和脸任凭旋风吹打。沟里那几个人正撅着腚，脸都贴着地皮，一个一个吓得傻了吧唧的，生怕旋风把他们卷走。旋风慢慢打着旋，带着呜呜惨叫，刮着沙沙恶风，沿着乡间小道，越过一个个壕沟，拍打着树林远去了。单科睁开眼，像个木头人，被逢子拉扯拽进沟里去了。旋风虽然跑远了，沟里的那几个人，包括逢子在内，他们再也静不下心来，这时候，方聂揉着脸，拍打着灰土，像见鬼似的大叫了一声，说上午头鬼露头，这一回鬼真来了，快跑吧！维明几个箭步来到红薯窑跟前，掂起一根树杈就捅，这一捅不当要紧，一窑红薯全塌了方。红薯熟了，维明高兴坏了，把手里的棍子猛劲地朝沟上一扔，顺手就去抓塌了方的红薯。吉吉看见维明去抓，也就不顾一切地上前去拿，嘴里还大声吆喝着，说都抢啊！快点抢啊！这个时候，逢子不紧不慢走了过来，朝那儿一站，神神气气的，说慢，别看单科没有拾柴火，就那也得让他吃一块，见面就得分一半。前半截话刚说完，后半截人话就出来了。逢子又开始骂单科，话刚说完，维明看不上去了，对逢子的说法感到愤恨，站出来打抱不平，说逢子放屁，不想让单科吃就干脆点，别磨磨唧唧的，绕着弯子骂人。逢子一听维明站出来为单科说话，气马上不打一处来，说维明狗拿耗子多管闲事，说维明不想吃红薯了。逢子蹦到维明跟前，动手要打。维明不敢吭声，怕逢子。逢子见维明不敢动，就暂时丢开维明，扭头又问单科，说单科，忘了？强老大教的，前几天还学呢？单科一看事不妨头，连维明都怕逢子，何况他单科呢？所以就只好敏捷地“啊”了一声。单科这一声，似乎告诉这些人，无论他们是否看见，已经有圆满的答复了，足可以让逢子放他这一马。可是单科完完全全没有想到，他的感觉是错误的，逢子并不满足，两只贪婪的眼睛依然发着凶光。逢子好像一只穷凶极恶的狼，表面上对待羊非常友善和热情，而内心却非常歹毒和残暴，说：“单科，俺几个都没有看见呀？再学一个，不学就不给你红薯吃。”单科没有动，也不敢动，怒视着两只仇恨的眼盯住逢子，好像要吃掉逢子的样子，又好像要用刀子捅死逢子，用火烧死逢子，那种无法挽回的眼神。就在逢子高兴即将要满足的时候，方聂已经把红薯抓到了手里。维明见方聂抓红薯，他也去抓，但事情远远不像维明想象的那么简单，意外出来了。维明突然破口大骂。维明连哭带骂，那难受的样子，不是所有人都能体会得到的，也不是说谁都敢去体会的。因为，逢子要单科出丑，贼溜溜的两只眼不仅盯住单科，维明也在他的掌控之中。逢子看见维明去抓红薯，就一个箭步跨过去，故意踩在维明抓红薯的那只手上。刚刚熄火的红薯，烧得黑焦黑焦的，火烫火烫的，再加上火辣辣的热地皮，维明的手一把抓过去，恰恰又被逢子踩在手上，可以想一想维明的那种感受吧！维明又打不过逢子，就只有骂的份儿了，维明蹦着骂，哭着骂，喊着骂，吆喝着骂……也不害怕逢子了，直骂得逢子招架不住。逢子被维明骂得狗血淋头，逢子终于伸了一回本事，即使再想对付维明，这一回也没有招了，再说也不敢了，只好认挨骂，认栽。

维明一路哭一路骂，走着回家，声音老高老高的。这时候下午都快上学了，上午放学维明还不回来，昌于放心不下，正准备去找，看维明是不是在路上又赌钱、砸相牌。昌于翻看过维明的书包，那些书被撕得少皮子没有瓤子，都被维明折成了相牌。昌于碗筷往锅台上一扔，就出了门。可是，有人骂，声音还大，是骂逢子他娘的，好像是维明的声音。昌于心里有些紧张，有点说不出的害怕。昌于说一定又是和逢子斗了，气就不打一处来，心想，不应说，不应说又惹事了，气冲冲地奔维明去了，见了维明就是一顿臭骂，说哭咋着，哭老子也不给他服理，这一回他哭老子也得揍他。

昌于简直太生儿子气了。说起来还是去年的事，有一天才刚刚下过雨，昌于家来了两个生疏的年轻人，见了昌于就问，说维明把他的老娘推到了沟里，送医院都两个多小时了还没有醒过来，跟昌于要医疗费来了。昌于一听是这事，可气坏了。昌于不得不去医院看望两个年轻人的老娘。好等好盼总算把他们的老娘盼醒了过来。经他们的老娘絮叨后才知道，那天，维明上学路上正遇上老太太，当时还下着雨，维明左顾右看路上没有一个行人，在不耽误上学的情况下，就搀着老太太一步一步往前走，维明尽量让老太太走好走的路，维明自己却深一脚浅一脚地走。要经过一段陡坡，平时走起来那个陡坡就不容易，眼下更何况下着雨。由于维明只顾要管老太太，自己就忘了脚下，一没小心滑沟里去了。老太太看见这个领路的人滑沟里了，别提她心里多慌张了，就赶紧去拉。哪知道那个弱不禁风的老太太脚下没根，再加上这里又是一个陡坡，路又湿又滑，老太太一下子栽沟里了。维明做了一件好事，却给老爹带来了一场麻烦，昌于咋不生儿子的气呀？打那件事情以后昌于就另眼看待儿子了，再不希望维明做好事。按理说做好事能不好吗？不好！昌于只要听说维明在外做事，无论好歹，就是一个“气”字，就是一个劲儿地捣鼓，说他死脑筋，死心眼，不会做眼皮子活。

昌于看见维明走过来了，眼就气红了，怒气冲冲就想去打。维明一看老爹来了，可吓坏了，也忘手疼了，一看躲闪来不及，急忙扬手就拦。维明这么把手一扬起来，弄得昌于大吃一惊，立马抓住维明的手就问，问他的手咋弄哩？维明不敢编，事实就在眼前摆着，说逢子踩的！是逢子踩的，昌于没有觉得意外，因为刚刚昌于已经听到维明骂逢子了。昌于四周一瞅，没有见逢子，后边只是几个小孩子跟着，就故意问几个小孩子，说逢子呢？逢子上哪儿去了？逢子哩？逢子人哪？王八蛋，走，找他爹去。昌于连拉带拽，高高扬着维明沾满黑乎乎红薯的右手，洋腔怪调，吆喝着朝村里走去。

村南一大片人，有的已经吃了饭，有的正等待着孩子放学，等孩子回来再吃饭。

昌于扬着维明的手，来到人场里，故意走得非常慢，说大家都看看，逢冲的儿子逢子干的好事，看这个样子是想把俺儿子除害了。昌于越说劲越大，说人不能太老实，老实人就是受欺负。

这时候，那些孩子放学后在外边玩够了，也都陆陆续续地回来了，予四看见方聂，也没有好气，瞪着眼，嘟囔着、吵着，把方聂叫回家了。权子东打听西打听了一阵子，一把拽着柱柱走了。

走的走，来的来，大街上人依然还是不少，熙熙攘攘的，只是没有谁看见薛驰来这儿。说薛驰没有来这儿，这是多方面原因，一方面他工作太忙，喂牲口，忙个不停。再一个方面，薛家午饭时间比村里其他人家晚，因为薛驰要等把式卸了套，把马牵到棚里喂料喂水，待那些马吃饱喝足，薛驰才能吃饭。再就是，即使把式把牲口牵走，他也得很长一阵子忙，清扫马粪，整理饲料，担水也不是轻活。还有薛驰根本不担心单科，认为单科老实，年龄小，又刚入学，说不上被人欺负，更谈不上欺负别人。

以前单科吃饭总是离父亲很远，这一回有点不一样，单科总在不停地瞅父亲，不仅如此，竟然鼓起勇气吞吞吐吐地把放学路上烧红薯的事说给父亲听。单科絮絮叨叨，也不知道父亲听没有听他说的话。忽然，父亲瞟了单科一眼，并且说那小子干坏事没啥奇怪，当然是说逢子的。说逢子打自小心地就不善，安排单科以后千万别跟逢子学着。逢子是个啥样的人，无理查那些大人心里都有数，就逢子过去干的那些坏事，村里的人谁不知道，又有谁能不记得。众敬说逢子读小学四年级的时候，逢子的班主任是位女老师，岁数大了。女班主任住室与女厕所只隔一座屋山。厕所里有一棵胳膊粗的桐树，也就是这棵桐树支撑女班主任大小便。女班主任蹲下去、站起来，那棵桐树就成了她的一根拐棍了。有一天逢子就爬到女厕所里，在桐树贴着地皮的地方锯了一个很深的沟。后来，女班主任解手站起来去扶那棵桐树，果然那棵桐树被女班主任扶断了，女班主任蹲在了屎坑里，险些没有把命丢了。逢子不学无术，在学校、在社会上都是响当当的人物。逢家不担心逢子，因为逢子发育快，成熟早，十四五岁就比别人高出一大截，看上去像个大人。说逢家不担心逢子，只是不担心逢子被人欺，逢子欺负别人，经常惹事，这让逢冲最伤脑筋。逢子一贯吊儿郎当，就连逢冲也是那么说他，说要儿子正东，儿子偏偏正西，教逢子学打狗，他就是偏去撵鸡，要说砸起纸牌来，能成摞成摞地往家抱，一说放风筝，尽管满地跑，把绿油油的庄稼踩得东倒西歪。爬树逢子更是行家，就是再高的鸟窝逢子也敢上去掏，捅起马蜂窝来，就是被马蜂蜇着他也不叫痛。

昌于拽着维明气冲冲地去逢家。昌于老远老远就喊，说逢冲，逢冲，他儿他不要了，他昌家哪辈子给逢家结下这么大的深仇大恨了？昌于一直扬着维明的右手，大呼小叫让逢冲出来看看，说还让不让儿子活了，干脆逢冲爷儿几个把他儿杀了算了。

逢冲打开门，一眼看见是昌于和维明站在大门口，昌于嘴里还不干不净，这让逢冲丈二和尚摸不着头脑，一时弄得哑口无言，眼看昌于又蹦又跳，拦也不是，不拦也不是。昌于凶儿吧唧一阵子以后，大概也是累了，这才消停了下来。逢冲一看昌于不说话了，这才和声细语地问，说老昌啊，上气不接下气累这么一大阵子，到底咋回事呀？逢冲让昌于说说，说说总得让逢冲知道知道吧，让他知道知道再踹也不迟啊。“你儿子干的好事！”昌于又大脚一跺，拽着维明，说走，说逢家人头多，昌家惹不起，昌家惹不起能躲不起吗？

逢子回来了，没有敢进家，觉得做了亏心事，还是害怕挨老子的吵，但是逢子并不是因为昌于来告他的状就一直站在大门外。在逢子心里反而觉得过瘾。逢子虽然是害怕老子，长期以来逢子所做的那些事也确实让逢冲无可奈何。

昌于走了，仍然一手拽着维明，气冲冲的，看这个局势，恐怕昌于这一辈子是与逢冲家结下深仇大恨了。

逢子怕挨打，或者怕挨骂才迟迟不敢进家。但逢子也有他自己的一套理论，逢子想好了，他说他就不会编瞎话呀！他说嘴是两张皮，咋说咋有理，他说几个人一块烧红薯，维明为啥先抓着吃，踩他，他活该。逢子自言自语、嘟嘟囔囔，总而言之，还是不服输。逢子说吉吉是他大哥的儿子，方聂没有他个头高，打不过他。他们那些人都是逢子的手下败将，谁敢站到维明那边说他逢子的坏话啊？

昌于一直缓不过气来，心里就不明白了，为啥这个逢子就那么疯狂，就那么不讲理，想打谁打谁，这个有娘生没有爹管的孩子，看能赖到啥个劲。昌于回到家就一屁股坐到床上，看着维明那个要死不活的样子，心里就别扭，垂头丧气地冲着维明说，问找他老子又咋样？还不是五八四十，就是再抓住逢子又咋样？杀了人家，给他报仇，让人家赔他一只手？昌于不由分说坐不住了，在屋里摇晃个不停，问维明，说这到底是咋回事，这逢子咋把他的手弄成这个样子？维明就一五一十把事情的前因后果，咋来咋去，原原本本跟父亲说了出来。维明这么一说不当紧，给昌于找着了话题。昌于对着维明，说“呸”！就是一口吐沫，一时气得够呛，一脚蹦到门里，又一会儿一脚蹦到门外，连连地“呸！”“呸！”说着说着就想打，只吓得维明身子一个劲儿地往后歪。昌于开始气逢子，接下来气逢冲，气还没消，听儿子咋来咋去一说，连气带恼，看昌于这架势，就是现在一刀把维明捅死，他也不解恨。

昌于火上心头，维明进退两难，正在这个时候取瑞来了，来到维明跟前，一手拽住了维明，说维明，走，吃饭去，他得把自己气死。昌于只管一个劲儿唠叨，数道维明自己把心放肚子里就中了，咋要管人家透不透气？昌于越说越恼，越说越气，说着说着就把鞋子脱了下来，就想打。取瑞一看昌于来了，昌于手里还掂着鞋子。取瑞立马从地上站起来，说：“我看你敢打！”取瑞把碗筷朝地上哗啦一扔，抓住昌于手里的鞋，“嗖”地一下扔墙外去了。冲着昌于好一顿腌臜，说她看儿子比老子强多了，总比做狗强，天天跟人家屁股后头汪汪叫，人家给点就吃点，人家不给就在人家屁股后头摇摇尾巴。取瑞真是恨自己的丈夫没有出息吗？那倒也不是，只是觉得那个逢子太不是人种了。取瑞掉着眼泪说，她说去年吧差一点没有要了儿子的命，想起来就想扇逢子个耳巴子：那天吃罢上午饭，逢子和方聂硬说叫维明上学去。当时取瑞就觉得奇怪，这仨孩子从来就没有去恁早过，这一回上学咋去恁早啊？后来才知道，谁知道逢子那个王八蛋，他把那俩孩子骗到河里去洗澡去了。取瑞说着哭着，她说无理查那些会浮水的人谁不知道，那条河要多宽有多宽，一下子三十多丈，水一丈多深，当时又是晌午头，四周连个瞎鬼也看不见，要是万一孩子有个啥好歹，就是再后悔又有啥用啊？孩子回来一说，我两夜都没睡好觉。

“跳，谁也不能装狗熊。”逢子骂着，让方聂和维明跳水。逢子会浮水，水性还好，他不害怕。方聂和维明害怕，眼看河水一个漩涡接一个漩涡地打，两个人站在那儿，没有敢动。逢子火了，说反正就他仨，谁敢不跳，别敬酒不吃吃罚酒，今儿谁不浮到岸那边就别想活着回家。逢子把方聂和维明骗到河里，就是让他们蹚水来了，现在这两个人不跳水，逢子是不会放过他们的。逢子是个主，无理查的人没谁不知道，有一回逢子的父亲追着要打他，眼看一顿打挨到身上，逢子就拼命往桥上跑，谁哪知道，逢子那家伙竟然一头扎进激流滚滚的河水里，眨眼工夫，人没有影了。当时可把无理查的人吓坏了，都说逢子十有八九被河水冲走，淹死了。奇怪的是，没过两三分钟，在离桥七八十米的地方，逢子正踩着水给桥上的人打手势。

维明一直站在那儿没有动，结果挨了逢子两脚，最后就只好乖乖地下了水。

河水流动很急，就如同一条条绳子缠在方聂和维明身上，绕来绕去地让他们无法脱身。三个人越往深处游越觉得使不上力，越觉得被什么困住，腿和手也不听使唤了，大脑好像失去了知觉。漩涡一阵接一阵地打，他们最终还是被冲散了。方聂大叫声维明，问维明在哪儿？但是，只有水流声、拍打声，方聂嘴里还不断渗进一口一口的河水，似乎喊声只是一种多余。方聂只能闭着眼睛，向想象中的对岸游。逢子也不骂了，也不叫了，绷着嘴，闭着双眼，这会儿啥也顾不得了。从跳水的地方算起，到他们现在正游动的位置，三个人足足漂浮有五十多丈，早已超过了河这岸到那岸的宽度。就是说，再继续游下去，下游就是一个九十度的陡弯,那个陡弯可是一个接一个的漩涡。那么，这三个人的处境就危险了，命悬一线。维明裤子被冲走了；方聂丢了一只鞋；尽管逢子水性好，胳膊还是被树枝划了一个很深很深的口子，鲜血被汹涌的河水拉成了两道红线。

还算三个人命大，好歹活到对岸。维明头撞着地皮了，沾满泥和草的头，还在一个劲儿地拱，两只手插进泥巴窝了还不停地扒呀扒，再拱不动扒不动了，睁开眼一看，才敢相信到了岸，傻了吧唧的，哆嗦着，啥也不顾了，发疯似的往家跑。

维明住了半个月医院，才算把神经调整过来。方聂耳孔流血流脓，见水就害怕。虽说逄子有点赖本事，胳膊上还是留了半尺多长的疤。

昌于走后，逄冲肚子里好像堵一块砖，再也定不住神了，左思右想，咋能对付这个儿子。逄子倒心安理得，屌甩甩的啥也不在乎，说别讲咋说维明走了，反正他少不了会挨老爹一顿臭骂。自家的院子还是要进，就那么歪头歪脑、硬头硬脑、头一蒙、眼一黑、大大咧咧进去了。逄冲看见逄子进门，逄冲瞪着眼，只是“嘿”了一声，再就是啥话也没有说，扭身出了门。

薛驰正在吃饭，听见昌于家高一声低一声，一会儿吵，一会儿骂，一会儿吆喝，就知道是因为他自己的儿子维明的事，因为单科已经把事情学得囫囵半片了。单科也正在吃饭，这个时候柱柱来了。

自从薛家搬到马棚住以后，贯贯、小胖也和单科来往少了。这一次柱柱一来，单科自然而然高兴得不得了。柱柱“巴巴巴”没完没了地跟单科在那儿絮叨，说逄子坏得很，说他哥说的，逄子早晚也得进监狱，说逄子一家人都坏，早晚也得家破人亡。单科一直没有敢吭声，不是怕柱柱学话，是怕父亲吵他。

一家人都吃了午饭，薛驰也就忙活着去牲口棚了。这个时候单科开始问柱柱，问柱柱咋知道那些事的？柱柱说是他娘说的，他娘说逄家挑拨不让跟单科玩。单科听了柱柱那些絮叨，就故意问柱柱，说：“柱柱，以后咱俩一块上学吧？”“不中不中，逄子看见非揍我不中。”柱柱害怕，这在单科的预料之中。

薛驰倒了台以后，也霉到了顶，那些小鬼小贩开始崭露头角了。逄老大就教育儿子吉吉，说以后上学、放学就跟着他叔逢子一路，别跟单科一块玩。说将来他叔就是逢家的顶梁柱。逢老大还说，单科他老子就弄到这份上了，以后单科也不会有啥出息。

冤家路窄

薛、逢、强三大家族，一百多年来，逢、强两大家族的人头一直强盛于村里。俗话说，十个莲花女不如一个踮脚儿。从逢强两家来看，这个结论还是能够得到肯定的。薛驰从地道国家商品粮干部成了养马官，不能不说是人头弱方面的原因。

薛驰一下子从天堂掉进了地狱，天天不是玉米庵，就是马棚，几趟、几十趟、上百趟地来回奔跑、忙活。薛驰两耳不闻窗外事，两眼几乎与世隔绝，上不晓天文，下不懂地理，顶蓝天草屋，闻臭味马粪。

尽管逢冲生逢子的气，其实逢冲对事情来龙去脉的了解还远远不够，只不过是想了想事情的背后，忽然感觉有些不妙。假如因为儿子好强、手脚狂和昌于弄得僵局，风声四起，矛盾重重，那就太不划算了。逢冲说如果把昌于得罪了，表面上看，无非就是一个昌于，实质上，也就等于把那些孤门独姓都得罪了。逢冲认为，表面上看他逢冲很光棍，人人都畏惧他，怕他，然而，事情的背后不知道又有多少人在诅咒他，骂他。逢冲想到这些，觉得一旦发展到那一步，事情再去收场就更加不妙了。逢冲说一旦一个人被人怕，让人畏惧，那他的好日子也就不会长久了。逢冲非常了解儿子，说逢子自幼争强好胜。逢冲想到这些，他说主动找昌于一块儿叙叙，也不是啥丢脸的事啊。宰相肚里能撑船嘛！逢冲正往昌家走着，忽然定了定神，停下了脚，因为听见昌于正一个劲儿地大吵大骂，好像昌家出了多大的事似的。昌于声音特别大，昌于说他老子弄到这一步，一家子人没有窝住，维明咋恁好逞能，吃了豹子胆不是，敢去护他。逢冲心想，噢，原来昌于是在吵儿子，这就稀奇古怪了，昌于到底犯了哪门子邪呀？咋回事哩？逢冲一时摸不着大小头了，只是纳闷。

维明在院子里，一直低着头，听着父亲无休无止地吵。维明即使想辩驳说点什么，也被父亲一连串的话压了回去。但是取瑞压不住头的火了，说维明就不说话了，他还恁凶，还一个劲儿地吵，看他能不能把儿子吃了？

逢冲来了，进了昌于家的门，不知道取瑞看没看见，或者说取瑞看见是不是故意不搭理逢冲。就在逢冲走进昌于家那刹那间，取瑞满脸怒气，拽着维明进了堂屋。

逢冲好像吃了不熟馍似的，感觉脸热不辣辣的，只好故意“咳咳”两声，好让在那儿站着的昌于给他搭桥。逢冲这一招还真管用。昌于抬起了头，马上从怒脸变为笑脸，带着一种很惊讶的样子，说：“咦！老逢，你咋来了？”昌于又即刻拉住逢冲的手，为刚才去逢家的那种行为表示歉意，连连说维明不是，说这孩子啥时候学会懂事就好了，到那时候他就不操心了。逢冲赶紧拉背场，说小孩子家不都这个样子吗！说再有几年就中了。“中！就俺这孩子能会中？维明能会中？根本不知道啥叫头重脚轻，恐怕胡子白了也不知道吃屎香臭，早该教训教训了，一头撞了南墙，眼看头就烂了，还不知道绕绕弯，不出事才怪呢！”

昌于揪住儿子不放，大吵特吵。逢冲从昌于的眼神和话音里猜个八九不离十。逢冲认为逢子和维明之间的事与薛家有关，所以就顺藤摸瓜，夸赞维明，说维明这孩子可懂事了，说和逢子好得一个人似的。取瑞在屋里正为逢冲的到来气得肚子嘭嘭响，听到逢冲假惺惺夸赞维明，没好气地冲着逢冲，说有一好，就有一恼。然后就瞟一眼逢冲，故意安排昌于，说下一晌摊她组拉犁，说一会儿昌于把碗筷都刷刷。取瑞这么一说，昌于十分生气。昌于认为自己的老婆故意在别的男人面前让他下不来台阶，就趁取瑞要出门的节骨眼上，昌于蹦着来到取瑞面前，气呼呼瞪着、指着取瑞，说你、你、你……真是妇道人家，头发长、见识短，不知道天高地厚。逢冲没有说什么，也没有敢多嘴。

维明看见母亲从屋里出去，父亲和逢冲进屋，维明也走出了堂屋。这时候，昌于看不上去了，看着逢冲说，说让逢冲看看，看看，他看看，说他瞅见了吧？就这样的孩子，从屋里出来了，不吭不呵的，连一句话也不会说。维明只好停住脚，因为一个是老爹，另一个是仇家逢子的老爹，虽说逢冲是仇家，眼前这个老头也毕竟算是长辈。逢冲看见维明站在了那儿，慌忙上前搭桥，说过来过来，来，叫大爷看看。逢冲拉住维明的手，问维明手还痛不痛？说跟大爷说说咋回事。维明把事情经过跟逢冲说一遍。逢冲并不加思索，从兜里掏出两毛钱，硬往维明手里塞。因为逢冲刚才已经猜出了，这件事和薛家有关。维明并没有去接逢冲递给他的两毛钱，然而，见钱眼开的昌于沉不住气了，仍然说让逢冲看看，看看，看他这孩子就是一头牛，犟死的牛。昌于瞪着眼，说维明瞎长十几岁。昌于这句话激怒了维明，维明流着泪，猛转身，说他手烧烂，也不让逢家问，然后迈着大步，“蹬蹬”出了门。

取瑞走了，维明也走了，逢冲骑虎难下，心里空空的，冰冰的，感觉非常不自在。昌于不傻，接二连三说老婆和儿子不好，说让他看看，看见没见过，就这样的女人，养了这么个儿子。

逢冲来昌于家不是闲唠，是来顺藤摸瓜，摸瓜摘瓜，咋着也得把他的小如意算盘打个差不多呀！结果呢？先是吃了闭门羹，又挨维明当头棒。逢冲想一想，这些年他哪受过这样的窝囊气呀？再也定不下神，坐不下去了，不得不走出昌家大门。

矛盾总是要在事物对立中产生。家庭或群体形成对立面进而产生分歧时，就会给家庭或群体带来不稳定。取瑞把锅前锅后的那些杂活都安排给了昌于，紧赶慢赶来到地里，接了班，看来看去就是觉得妒妮不顺眼。取瑞她们六个换上去，取瑞一直坚持说分开拉犁子，按三个人一组，每个组都得拉一个来回，取瑞说她和肖盂、秀仙一组，让妒妮、缺花和決決一组。決決一听，满共就六个人，六个人还分开，決決说她不干，说取瑞说话怪好听，三个女人拉一个犁子，累死也拉不动。取瑞一听，決決说她不干，正找不着窟窿繁蛆的取瑞这一下可抓了理，说決決，吆，那咋啦？说谁死不是一条命呀？说決決啥也不是，是怕掏力？取瑞虽然不在乎決決，特别挖苦決決。決決毕竟也不是省油的灯，和取瑞吵，说她没有怕干活。決決那副委屈的样子让人看了就心痛。決決说，让取瑞先试试，看仨女人咋能拉动恁沉的犁子？这一下让取瑞的下一步棋看咋走吧？妒妮一看決決抓了理，马上站了出来，也那么说，说取瑞既然愿意分开拉，就得先试试。

妒妮这一招一下子激怒了取瑞。取瑞马上说，说："我怕干活？你咋怕分开？"取瑞是冲着決決，是办难堪给決決的，没有想到妒妮也上了场，取瑞火了，又和妒妮斗，说满地里不见庄稼棵，从哪儿蹦出来一个呀？決決的男人还没当几天队长，恁快就有人擦屁股了。取瑞不怕決決，当然也不怕妒妮，取瑞就咧着嘴，右手拽拉犁绳，左手在空中翻来覆去武乍开了。妒妮也不是瓤茬，学着取瑞的样子，也比画，说老母羊见骚虎胆子，再狂也是下种的货。取瑞有嘴有牙，指着妒妮，说妒妮，不愿哩，强老大天天围着她身子转，原来担心她肚子里的种呀！取瑞这一句话，让妒妮哑口无言。那么，妒妮肚子里真有强老大的种吗？那倒不是，是女人骂人的取胜法。假如换个说法，男人骂女人，也那么去说，那麻烦事就出来了。妒妮到了娘家连哭带摆画那么一说，娘家那些叔伯兄弟、孙子妻侄、舅舅姑爷要是来无理查，一定会把骂妒妮的那个男人生吞活剥了不可。女人骂女人，女人撕女人，女人扯女人，女人扒女人的衣服，就是娘家人来了，咋着？理在那儿。只有对着骂，狠狠地骂。取瑞和妒妮缠得难解难分，斗红了眼，蹦着要打。決決本来就怕取瑞三分，现在半路杀出个妒妮，有帮她決決说话的了，決決干脆一边凉快去了。

妒妮要斗斗取瑞，这让村里的人捏把汗。不说别的，就逢子往妒妮面前一站，不认识他们母女俩的人，还真没谁敢相信妒妮就是逢子的娘。妒妮光个头低不说，还瘦，看上去三四级风就能刮跑，这是其一，这二来，要妒妮人没人相，妖没妖相，就是嘴口泼辣得很。嘴口泼辣是妒妮的强项，从外表上一看就能看出来，妒妮不是瓤茬，心肠可毒着呢！穿大衫的终于碰上戴礼帽的了，就是出了这么个取瑞来降住她。

说取瑞，地道农村妇女，一米七还挂零，孤零零俩眼好像在脸上镶着。再看看取瑞的身子：肩宽宽，三尺多裤腰，腿粗粗，走起路嘭嘭的，在村里数一数二的能耐。決決怕取瑞不言自明。现在甭说一个妒妮，再加上缺花，也难打过取瑞。

妒妮知道自己半斤还是八两，只有骂，想用骂来缠败取瑞，说取瑞不敢拉犁子逞啥能，看她吃得五大三粗的，看她儿子瘦不拉叽的，谁知道是不是她的种？妒妮倒打一耙，抓住取瑞腌臜一通，不知妒妮哪来那么多好词。虽说取瑞言辞嚼不过妒妮，但派头却占着优势，直逼得妒妮节节后退。妒妮心虚，招架不住，蹦着退着。取瑞好像一尊塑像，一点一点移动着，靠近妒妮。取瑞身子非常稳，一步一步，让妒妮招架不住。

取瑞和妒妮高一声低一声谩骂、吆喝，声音飘飘悠悠随呼呼东风刮进了村里。强老大饭碗一推就匆匆出了门。老罗、予平杰、强老六也急急忙忙往东赶。这个时候，老迪奶奶又以为是分东西，就慌慌张张从小屋里出来，拄着拐杖、扛着布袋，跟在严山、朝爷、天霞后边，屁股一扭一扭的。

妒妮地缝难钻，一个劲儿后退，退，还是退，只管一个劲儿退，一没小心被拉犁绳绊了，一屁股蹲在了地上，两腿一蹬竟然大哭不起，三岁小孩似的。

村里的人来了，黑压压一大片。妒妮看见来了那么多人，哭得更凶了，也更痛了，满脸都是泪，鼻涕还流得老长，一副委屈、伤心、愤怒的样子。

强老大来了，一副官态，就站在那儿，问站在周围的那些人，说咋啦？咋啦？这到底是咋啦？一连五六遍，最后还是等于白问。强老大觉得他这个队长即将陷入僵局，不得不自我解脱，说他也看了，反正也没有多大事，回去，回去，都回去吧，一会儿还得上工，都回家吧！该加班还留下来继续加班。强老大话音刚落，妒妮霍地从地上爬起来，说她不干了。妒妮说不干了，取瑞能会愿意？取瑞身子一扭，来到犁子跟前，一边吆喝，一边解绳子，说不干就不干了，副队长的老婆怕干活，看哪个妻孙王八蛋还在这儿干。妒妮迈开步子要走，取瑞绳子握在手上，也准备走。强老大来劲了，马上转过身子，阴沉着脸，“吼”一下，说都给他站住！说简直是瞎胡闹，太不像话了，问话又都不吭声，装聋作哑。这不是故意难为他吗？是他这个队长不会领导，还是他们这些人不听领导的话？妒妮止住哭，擦擦眼泪，说给强老大听，说强老大是队长、是男人，找仨男人，看管不管把犁子拉走？强老大摸不着大小头，一杠子被妒妮砸蒙了。强老大瞪着两眼看着妒妮，心里犯嘀咕，原来问题出在犁子身上啊？队委会研究好的呀？东地一把小犁子，给妇女拉，说好六个人一组，一替半天，妒妮咋说仨人拉？强老大看看秀仙，又看看缺花，盯决决一阵子，左思右想好像唯独他自己是站在舞台上的武把式，又好像他是耍猴的人，自言自语问，问题出在哪儿呢？忽然，强老大来了主意，说也不是让她们这些人掂刀杀人，也不叫她们这些人下火海、滚油锅、踩钉板，没谁要她们这些人的命，都有啥不能说的？强老大机关枪似的乱扫了一阵，双手还神灵活现地舞来弄去。一会儿秀仙看不上去了，气呼呼地问强老大，说强老大抓住她发啥火？说他老婆也在这儿。强老大说话让秀仙看出来了，还抓了理。

强老大挨秀仙几句数道，别提心里多生气、多窝火了。强老大凶巴巴地瞪着两眼，来到犁子跟前，晃了晃大木架子，“嘘”了一下。说取瑞为啥能想出这么损人的招哩？别说仨妇女啊，就是仨大壮男人也不一定拉动犁子呀？强老大想到这，就带着质疑的口气问取瑞：“取瑞，让我说啥好哩？”“啥好说啥，我就喜欢直来直去好。”取瑞一点也没在乎强老大。强老大两手反背，往取瑞跟前走两步，说那样也好，那好吧，今儿他就直来直去。强老大说给取瑞听了，他说按理说谁分班应该谁先打头阵。强老大嘴唇还没有干，一下子激怒了取瑞。取瑞说：“你是队长，决决是队长的老婆；逢冲是副队长，妒妮是副队长的老婆；俺仨都是平头百姓，啥事也轮不到俺几个先干。”取瑞这么说自有一番道理，做官就得身先士卒。但是，那么分法，三个人一组可不是当官的要分的。所以强老大就不紧不慢地踟着步子，甩着双手，摇着头，问取瑞，说先别激动，等他把话说完，说看这样中不中？都不分，干多少是多少，中吧？强老大觉得是取瑞一时赌气想到的这个坏主意。但是这个主意对于犁地来说起不到真正的作用，这样一来强老大才做了最大程度的让步。哪知取瑞不知道天高地厚，一头撞到南墙，坚持自己的做法，说分，说不分不中。取瑞有嘴有牙当面与强老大较上了劲。强老大摸门不着，觉得取瑞中了邪、着了魔。说他强老大就不明白了，说也不知道她取瑞往哪儿想的？

取瑞也在盘算，尽强老大啰里啰嗦，取瑞就是不再吭声了，看强老大还想啥法子，出啥招。取瑞说甭管咋说，只要把她们几个分开就中。

她非让分开拉是吧？那好！她得先拉。强老大急了，眼看站这么一大片人，又怕耽误一会儿上工，不得不顺着取瑞的意思往下走。强老大话刚说完，妒妮也来劲了，说只要取瑞拉，她仨累死也拉。看这个局势，有可能要圆取瑞的梦，要如强老大的意。

既然队长发话了，那还有啥好说的，中！拉！拉就拉。肖盂、取瑞气呼呼，心里雄赳赳，来到犁子跟前，都说拉。秀仙愤怒着脸，甩着绳子，说："谁要不拉，谁就不是娘生的，是从狗肚子里爬出来的。"

在一旁站着的老罗和予平杰，好像被绳子抖着，心里怦怦地跳个没完。

强老大早把队长这个身份忘得一干二净了，现在转眼间成了裁判，好像正组织一场精彩的表演赛。看得出来，强老大心里紧张，腿还犯着软，走动也极不自在。

相叔还扶犁子。相叔原来是生产队的老保管员，扶犁子有经验。取瑞把绳子又拴在犁子上，然后身子一晃，一百八十度转弯，扎好了拉犁子的架势。肖孟和秀仙也各自抓了一根绳头，握在手上，又把剩下的三根绳子握巴握巴扔一边去了。绳子被扔了一地，自然犁地的时候后边夯拉着几根绳子是说不过去的。相叔看着绳子，摇了摇头，但脸上透着笑，说看她们这几个人吧，要是把绳子埋到土里，不是越拉越沉吗？相叔捡起来地上的三根绳子，不急不躁地把绳子缠在犁把子上。

强老大有自己的看法，他认为，假如取瑞她们能把犁子拉走，那真是活见鬼了。

村里的人能不能见到活鬼，至少目前还是个未知数。村里那些人一个个犹如捆好的谷个子，腰板都挺得直直的，在那儿站着，等待着看好戏。那些大烟鬼也忘了手中的旱烟袋，爱说俏皮话的那些人也闭上了嘴巴，看取瑞她们能不能够把犁子拉走。昌于和逢冲站得离犁子最近，也不只是光看，也在听，也在想。这下好了，既如了取瑞的愿，也合了强老大的意。六个妇女分两组，谁强谁弱，命运掌握在相叔手里。相叔是村里数一数二的把式行家，年年犁犁耙耙，修修整整，从来没有少过相叔。行家、行家，啥叫行家呀？农活啊谁摸得多，干得多，懂得多，谁就是行家。哪一块土地肥，产籽；哪一块土地薄，收成不好，怎样才能多打粮，把式最清楚。土地收成好坏又几乎全仗把式，因为犁头上学问大得很哩！这可不是吹捧把式。假如把式把犁把朝下一压，甭说用人拉，就是又笨又大又有力的大黄牛也得多掏三分力气。

强老大、逢冲、昌于，还有好多人，都能称得上是麦场里的好手。有些人在家里是好手，有些人与土地打半辈子交道，真正能懂得犁头上的学问，除了把式就再也找不出其他的人了。相叔拔出犁子，踢了犁面上的湿土，扶正犁把，眼直盯盯地朝前看。

吃过上午饭，柱柱正准备上学走，结果被哥哥拦下了。权子硬要柱柱说实话，问柱柱去没去过单科家？柱柱眯缝着俩眼，就是不吭声。虽然柱柱不吭声，其实是瞒不住哥哥权子的。问来问去，权子烦了，说一切都是为了柱柱好，权子说爹爹死得早，万一柱柱有个啥事，出个好歹，娘咋办？这个家咋弄？权子流出了眼泪，把柱柱搂在怀里，安排柱柱，说只有柱柱好好听话，好好上学，将来有出息了，娘才能享福。权子说那年父亲过世刚两周年，家里特别穷，正吃没吃、烧没烧，偏偏这时候柱柱又害了一场大病。由于父亲过世，家里已经欠外债不少，母亲愁啊，两三天没喝几口热水，赶在这节骨眼上又下了大雪，断断续续几天几夜。有一天，好歹盼一个晴天，母亲就扫一片空地，把瘦得皮包骨头的柱柱盖在小床上，就去逢冲家借钱。权子说母亲并没有从逢冲家借到钱，却招来了逢老二的讽刺和挖苦。逢老二说柱柱家穷得叮当响，就是借给柱柱家钱，柱柱家又啥时候能还得起。权子说母亲没有从逢家借到钱，反而招来一肚子委屈、嘲笑。母亲回到家里，柱柱滚在深雪里哭得气力也没有了。母亲搂着柱柱，说儿啊！儿啊！他咋偏偏生在这个穷家啊！又恁早丢了爹呀？儿呀儿，娘想好好让他活在天底下啊！上天就恁狠心……母亲整整哭一下午，眼看柱柱断那口气。哪知人不该死有人救，薛驰那天晚上从县里回来，把柱柱送进医院。柱柱身体慢慢壮实了，家里的气氛也慢慢活跃起来了。权子长长出一口气，看着柱柱，心里想，说好人啥时候能得善报？坏人又何年何月遭雷劈？

柱柱的病好了以后，逢老二的心里反倒不踏实了，有一回就当着柱柱的面，说阎王爷嫌柱柱的命不值钱。逢家和薛家在为人处世上差别太大了。权子说逢家刻薄、无情无义，薛家好善直爽。权子想到这，忽然觉得惭愧万分，觉得对不起薛家，更对不起单科。杈子说现在薛家灾难来了，该伸一把手帮一帮人家，人不该忘本。杈子想到这，赶快就去追柱柱，让柱柱回来和单科一块上学。将心比心，不比不知道，这么一比，杈子心里噙着泪，实实在在感到什么叫孤独、可怜了。柱柱没有被病魔夺走生命，全仗薛家大恩大德。杈子正想着，忽听背后有人叫，说杈子，今儿挨吵啦？原来是逢子。其实，逢子早就在胡同口站着，老远看见杈子站在那儿，望着正南。杈子本来想着逢家如何不为人，不善良，猛然听见逢子说话，心里很快积起了疙瘩。

杈子伤感痛苦的样子还是被逢子看出来了，所以，逢子问杈子，有啥心好伤的？说不愁吃不愁穿的，安排杈子说，走，看人家吵架去，就把杈子拉扯走了。杈子并不乐意走，况且还劝说逢子，让逢子上学去。逢子说话倒非常干脆，说一年三百六十天，哪在这一下午哩？

取瑞、肖孟和秀仙把犁子拉了个来回，累得实在够呛，一个一个通身汗水，都张着大嘴，一屁股坐在地上，啥也不顾，歇息去了。“咿呀呀！我的妈耶，哎呀！”秀仙松了犁绳，这才感觉到从来没有过的舒服的感觉，终于可以长长地安然一会儿了。肖孟大发牢骚，浑身一软，瘫在地上，说：“总算没有把姑奶奶累死！”取瑞接过肖孟的话，说：“大难不死，必有后福哇！”三个女人没有白掏这把子力气，所以说起话来也就不留余地了。肖孟唠叨，大概也是一种自我安慰，肖孟说祖奶奶祖爷爷咋要她往这村里嫁，几辈子人受的罪叫她摊上了。她们三个都是气呼呼，但心里却是甜滋滋的，几乎忘记还是女人，也不顾三从四德、孝道贤良了，什么辈分高下、仁义礼教，也统统丢到脑后了，由坐着、蹲着到仰面朝天躺着，完全忘了周围这些男女老少，因为她们已经完成了该完成的任务，心里没有留下遗憾。

强老大脸没有喜色，被仨妇女那种狂妄劲儿吓傻了。因为秀仙有话在先：谁要不拉谁就不是娘生的，是从狗肚子里爬出来的。那么哪个人又能不是从娘肚子里生出来的呢？再说强老大也把责任推给取瑞了。

君子一言，驷马难追。老罗说该妒妮、缺花和决决了。就是强老大浑身上长满嘴，一百条一万条理，仨妇女不拉犁子也说不过去，再说了，理不理事小，强老大陪着丢人事大。

取瑞仨妇女拉了犁，都躺在软绵绵的草地上尽享阳光暴晒，因为她们乐意，要比拉犁子那种滋味强成千上万倍呢。可以这么说，现在完全不用费丁点儿力气，安安静静躺着，等待即将出现的结果。

取瑞要分开拉犁，用意非常明显，就是借这个机会整整妒妮，整整逢子这个娘。反过来说，取瑞整妒妮不一定恨妒妮。取瑞想，逢子不是好东西，没见过做芝麻大好事，坏事几大箩筐。取瑞“嘿”了一声，说也实在对不住秀仙和肖盂了，陪着她受罪。也奇怪了，原来六个人拉，到地块中间还得歇一阵子，她仨能拉来回，中间还不歇着。

妒妮看决决，决决瞅了瞅自己的男人。只是缺花低着头。缺花清楚，弄到这步田地，都是妒妮她儿子惹出来的祸。她知道取瑞不好惹，缺花怕取瑞，说她惹不起取瑞能躲不起？既然决决抛头露面，强老大出手，她为啥还逞能哩？缺花猛然一百八十度，说刘姥姥进花园一言不发，犁子拉不拉得动，又拉不拉得走，就看妒妮和决决的本事了。

事出有因

强老大知道，妒妮、缺花和决决的力气大小，强老大想，硬撑硬扛持久不了，强老大只是摇头，说悬！要是她仨能把犁子拉个来回，除非日头打西边出来了。事实就摆在这儿，不拉又说不过去，强老大束手无策，两眼出血似的围着铁犁子发呆。强老大看着这犁子，咋觉着别扭，就纳闷了，说这就邪了，取瑞这仨女人咋就恁大劲呢？强老大不得不暗暗地骂，说她妈的，不能让老婆也这么干，万一累个三好两歹出来，那就糟了。强老大说着瞅着，就那么轻轻一晃，还就是有问题，出在犁子身上。

本来是六个妇女为了分班拉犁子的事弄得抓破了脸，现在又由于强老大掺和，没有把脚跟站稳，一碗水没有端平，所以妒妮、决决、缺花站在那儿一直没有动，等强老大发话，只有强老大发了话她们才动身拉犁子。

权子被逢子拉拉扯扯弄到东地。两个人看见东地人不少，只是那儿平平静静，似乎没有发生什么事情。这时候权子问逢子，说没有人吵架呀？逢子不死心，立定着脚尖，瞅着，说刚才还乱哄哄的，咋没有人啦？说，唉！这就邪门了？走，咱到跟前看看，看到底咋回事？

刚刚取瑞她们才拉过的犁子，现在犁子在土层里插着，强老大就那么随手一摸，蹊跷出来了。犁子在土层里插着特别不稳，强老大突然犯嘀咕，惊讶起来。强老大再瞅瞅犁过的地，犁起来的土，这才如梦初醒，脸霎时紫色了。那么，到底是怎么回事？原来，开始的时候，强老大把注意力并没有放在地上，只是放在仨妇女用力上。仨妇女拉犁子，强老大的心好像就拴在犁子上，拽住犁子，唯恐取瑞她们把犁子拉走，强老大整个人似乎冻僵了在那儿。最终仨妇女还是把犁子拉走了，强老大只管灰心丧气，哪还管犁出来的地是深还是浅呢？现在强老大看出来了，开始火了。强老大正打瞌睡，枕头送到了头底下，强老大终于为妒妮她们仨妇女不再拉犁子找到了最有说服力的借口，能会不小题大做吗？强老大来到相叔跟前，一下子抓了个现成，说相叔，他也是几十岁的人啦，心咋就不放平哩？强老大摇晃着犁子，歪着头，看着相叔，说他瞎活几十岁，也不看看犁这地，说生产队粮食年年打恁少，都是他相叔使的坏。

照实话说，相叔犁起来的地实在是太浅了，就是傻瓜、二球也能看得出来。不过，相叔并不觉得亏理。这其中的原因是什么呢？相叔是这样想的，相叔说强老大这一回不是当队长，是在故意组织闹矛盾，矛盾就矛盾吧！相叔说反正他就得得罪一个，不得罪取瑞，就得罪妒妮，或者得罪强老大。相叔心一横，那就只有得罪强老大了。

犁子犁地浅，问题出来了，村里的人都看出来了，谁是谁非就在那儿摆着，那么，问题该怎样解决，村里人自有一番评说。按照予平杰的说法，取瑞能拉动，決決也应该能拉动。但强老大考不考虑这个问题就不好说了。老罗拔强老大的脉，说强老大心虚，怕決決拉不动，就不管三七二十一，先抓住相叔腌臜一番再说，只要能不让決決她们拉犁子，就算达到目的了。强老大太心急了，要不先看看相叔咋对待決決，等结果出来了，抓住理，再腌臜相叔也不晚。予平杰这话算说到了点子上了。老罗说他也看了，啥都不是，是强老大心不平弄的。强老大处处想找理由，设法想法让決決咋能不拉犁子。强老大却没有想到，相叔和犁子打了半辈子交道，不像强老大想象的那么简单。

相叔因扶犁子挨吵，这还是第一次，话又说回来，也是他第一次自找麻烦。相叔出事，取瑞、肖盂和秀仙也躺不住了。

取瑞这会儿才开始操心，瞪着眼一瞅，心里头还就是一惊。说怪不得强老大恁凶！取瑞说。

“妒妮，你仨啊，这犁子哩也不用拉啦，不用说这地也不用犁啦。”强老大带着气愤，摆摆手，说让妒妮先回去。强老大糊弄着让妒妮回家，又回过头，来到相叔跟前，说相叔也算是老把式了，看看犁这地，算球耶！今哩先给他一点教训——扣他俩晌工分。相叔听说强老大扣他两晌公分，心里有点别扭，问队长，扣俩晌工分他没意见，只是得有根据，得把脚跟站稳。强老大一听，不急不躁地说：“耶！根据？还要啥根据呀？地就是根据！这半辈子，我从来就没有把脚跟站稳过，这一回只能站恁稳了，比铁塔还铁塔，不但扣你的工分，这仨妇女也跑不掉，也得扣。这一回，强老大我最公正，特别公正！”取瑞、秀仙和肖盂一听，心里别扭开了，说她们几个出了力，流了汗，拉了犁子，犁了地，不给工分也就算了，倒过来还得扣工分？这是哪家的王法，简直没有天理了！

肖盂看着相叔，说相叔陪她们受罪，还扣工分，那不中！说啥也不能扣相叔的工分。相叔说那有啥中不中的？扣他的就扣他一个人的，要是扣几个妇女的就不只是一个人了，还是扣他自个的吧，他是男劳力。相叔和三个妇女讨价还价，扣不扣工分似乎由他们协商着办似的。相叔和仨妇女争来争去，强老大眉开绽放了，计上心来。强老大赶快向妒妮使眼色，一边责怪刚拉过犁子的三位妇女，说看看，都看看，看看她们几个，瞅瞅，瞅瞅，一个一个哪像妇女，干活不像干活，歇着没有歇着的样儿。强老大唠唠叨叨、啰啰啰唆就是糊弄着、调着法子想让没有拉犁子那仨妇女怂恿走。强老大正得意忘形，这时候只听取瑞大吼一声，说：“都得站住！想走，说哩怪好，天底下哪有恁好的事，不掏一点劲就想走！没门！”仨妇女头就没敢回，只好乖乖地站住了。取瑞一声大喊，说强老大吓得差一点没有屙裤裆那是假的，脸能拧下水来那才是真的。强老大万万没有想到，左思右想盘算好的主意，被取瑞这么一咋呼，咋呼跑了，结果又松劲了。强老大定了定神，稍微自己放松了一点，然后拿住当官的架势，说:“我是队长，就是我说了算。”然后怒视着取瑞，还向妒妮挥手，说她仨该走请走了，又回过头指了指取瑞，说她三个也不用恁凶，今天就是理由再多，这一回也得扣工分。“为啥？凭啥？就凭你是大官，有权，就凭是她男人？”秀仙掐着腰，指着强老大，说她让泱泱睡觉，泱泱扒光衣裳，她是强老大的老婆，不拉就想走，别看，不拉还真不中！秀仙越说越来劲，秀仙说她几个承认犁地浅，别讲咋着她几个掏劲了，说强老大是队长，拍拍胸脯想想，说他老婆不拉犁子,就走,说强老大咋不说让她几个拉过犁子的妇女走？说强老大自私，不就是个小队长吗？

“大家老爷们儿，咱能说秀仙说得不对吗？”取瑞拍着胸脯，说当官的有权，她们不还是老百姓吗？开始就有话在先啦，看不拉能不能说得过去，看以后当官的咋还领导人？肖孟也气呼呼的，连说带比画，说别说是她仨，就是搁谁，看一样不一样，出了力还不落好，搁谁不生气？“拉动就拉，拉不动不拉，拉拉试试不就知道了？”予四说话了。严山觉得予四说话在理，眼睛看着几个妇女，也希望让她们拉拉试试，说有多大劲使多大劲，真拉不动也不能绑在犁子上，拉不动也就算了。议论渐渐多了，一会儿强老大有了感觉，觉得再丢人不过的事了。俗话说众言难违，甭说强老大小小队长，就是县长书记也不能拿老百姓的话当猴耍。

缺花最烦强老大挤眉弄眼，因为这一回强老大并没有挤出个花样眼出来。缺花暗中嘲笑强老大，说强老大咋不逞能咧？

再敢说一个“走”字，缺花说她不走就是妮子生咧。

取瑞和强老大较上了劲，这真是瞒不住在场的人。会看的看门道，不会看的看热闹。老罗可是真真正正地欣赏取瑞她们仨妇女了。所以老罗贴近予平杰，说取瑞真和强老大较上劲了。予平杰跷着大拇指，说队长还真拿取瑞没有办法。

老罗是把式，在村里也是响当当的人物。老罗说当把式可不是儿戏，没有一两年风吹日晒滚打，成不了好把式。老罗说相叔咋做，地该咋犁，犁子该咋扶，有他的道理。老罗说就是让他来扶，他也不会为难拉犁子的人，强老大恰恰就忽略了这一点，强老大表面上是队长，其实对犁地耙地并不懂，予平杰说取瑞根本就没有拿强老大当人物看才闹这个笑话。

一个小小劳动把强老大的私心挖出来了，强老大在村里人面前献丑丢脸了。

予平杰问老罗，说让老罗猜猜，这仨妇女能不能拉动犁子？其实老罗心里并没有谱，老罗说，以相叔的为人，应该也让她仨把犁子拉走，只是现在强老大就是一条疯狗，正追着相叔不放，老罗说相叔咋想，他也说不好哇！琢磨不透，看着说吧！

相叔扶着犁子，眼睛看着正前方，正等待着这仨妇女用力，猛不然被强老大拦了下来。强老大双手一掐腰，说：“慢，相叔就没把心放正，不能叫他扶犁子。”这让在场的人有点惊讶。从强老大的表情上看，满脸怒气，好像和相叔结了八辈子仇恨。妒妮、缺花和决决站在那儿不敢动了。站在那儿的逢老二说强老大气得不轻。严格正接过逢老二的话，气不打一处来，说他生气？他生啥气？相叔比他生气，甭讲咋说相叔掏力流汗了，他驴嘴一张咧到哪算哪，气死人不抵命。相叔顾后果，看看，仔细巴结巴结，谁说相叔不生气？予四说看看，看看相叔还是那样大度，神情自若，面带笑容。

相叔轻轻松开犁子，瞄了瞄周围那些人，冲着老罗故意露一丝苦笑。老罗呢，也很自然地点了点头。只是强老大，那种天下老子第一的神态，对谁都不信任的眼光。但是，强老大是看着老罗说的，似乎想把扶犁子的事想交给老罗，因为有好几个人都看出来了。

“拉！来吧，拉！我扶！”强老大摇晃摇晃犁子说。强老大这个举动让在场的人纳闷了，因为刚才明明是带着想让老罗扶犁子的架势，就那么一转眼改变了主意。

“哦，原来我知道了，原来肖盂是老罗的老婆，这也难怪。”严山忽然醒悟过来。耿旺也感到意外，没有看出来，强老大这个外行一会儿成了好把式？耿旺说要单从强老大扶犁子的架势看，犁子正得很，他一点也不像外行。

缺花拉犁子真掏力了，强老大也看得出来，可是，仅仅缺花一个人掏力有啥用啊！犁子照样不能爬半寸。再看决决，她好像醉酒似的，东倒一下，西歪一下，不是撞妒妮，就是撞缺花，三个人挤来扛去，哪是像在犁地。一会儿把强老大累着了，满脸大汗。强老大恼了，说看看，看看，看看，就不会一块使劲？“你拉一下，她松一下，你又松一下，她又拉一下，啥时候能犁起来地呀？是叫你们犁地，不是叫你们跳舞！”强老大越是大吵，仨妇女劲越是使不到一块，犁子越不走，强老大就越使劲推犁子，犁子越往土里钻。强老大彻底没有招了，只好让她们站住了。可松了一口气，这时候缺花问强老大，说是不是不拉了？这一问又把强老大惹了，“不拉了！回家睡觉去吧！”缺花也没有顾忌强老大的话音，一听不拉了，丢绳就走。缺花步子刚迈出没有两步，强老大大脚把犁子一蹬，说不拉不拉，她想得倒美？睡死她！然后又来到犁子前边，摸着妒妮的肩膀，说妒妮眼睛盯着前边，说决决一直往前看，又拉着缺花的绳子，让缺花扎稳脚。这时候强老大才算彻底地放心了，“都听好了，我喊一二三，一起用力，一二……”强老大“三”字还没出口，缺花猛力一拽，踉踉斗斗栽到决决跟前，闪了个趔趄，一下子把决决顶出去三四米远。缺花趴下去了，决决也没有站住。

“缺花，你想把我撞死是吧？你生气，你生气也不能抓住我要讹气呀！”决决被缺花撞了个肚朝下。缺花一看决决趴下去了，赶紧去上前扶决决，连连说她不是故意的，对不起决决，给决决赔不是。“要是把我栽三好子两歹，你得给我治。”决决说。

逢子手早就痒痒了，一直觉得有使不完的劲，幸灾乐祸地跑到妒妮跟前：“娘，你别拉了，上一边去吧，我拉！”“你拉？落黑出堂门，你才哪到哪呀？”妒妮一看逢子站在面前，想拉犁子犁地，这让妒妮有些意外。逢子要拉犁子，连妒妮就没有把逢子当大人看，可以想一想站在这儿的男女劳力吧！缺花摔一下，气正不打一处来，看见逢子那个样子，就说尽他惹的祸，滚一边去，他拉？他算老几呀？蚂蚁也比他有劲。逢子毫不示弱，瞪着眼，凶巴巴，傻了吧唧，一边夺妒妮手里的绳子，一边说这是他娘，又不是缺花的娘，他想拉就拉，想换就换。缺花一听逢子骂她，一蹦来到逢子面前，说妒妮是他奶奶，兔崽子！还会骂人哩！妒妮毕竟是逢子的母亲，生怕惹出祸端，赶忙劝缺花，说跟小孩子家一般见识弄啥？孩子家吃屎就不知道香臭。

强老大沉不住气了，听说逢子想拉犁子，觉得有门道，马上来到逢子面前，夸赞逢子一番，说这孩个头不低了，应该有把子力气，拉就让他拉，掏点劲也不是坏事。就这样，四个人，四条绳又重整旗鼓开了张。

取瑞和肖盂看在眼里，心里烦，觉着他们不但有四个人拉犁子，还有强老大在后边连怂带推帮着力。那么至于这五个人能不能把犁子拉走，就看强老大的本事了。

妒妮、决决、缺花、逢子和强老大五个人也没有把犁子拉走，这无不让在场的人咧着嘴大笑。但他们五个人的脸实在是没有地方放了。强老大彻底失败了，脸拧下水来，好像刚刚死了爹娘似的。不过，逢子是不服气，不肯罢休，几步来到杈子跟前，连扯带拽，死拧活缠硬把杈子弄到犁子跟前说，让杈子替他娘拉犁子。一张犁子动用了五个人，再添一个杈子，即便是把犁子砸烂，吃也能吃掉它。取瑞、僧僧来到逢冲跟前，故意大声说，副队长，还剩一条绳呢！逢冲的回答让取瑞有些感到不知所措，逢冲说他也来这么大会儿了，不就在这站着，一直站着没吭气吗？逢冲说要是觉得能拉动就拉，拉不动就不拉，相互之间应该和和气气。逢冲说完这番话，站在一旁的肖孟赶快替取瑞打圆场话说，看看，看看，看看人家副队长那风格，看人家说那话，有本事就使出来，没有本事别瞎逞能。“队长，光给俺几个发火有啥用呀？队长，光发火地里长不出金条啊！队长，给犁子发火呀，只要一发火，犁子腾一家伙就跑了。队长，你说对吧？”秀仙一口一个队长，故意把声音放得很大。取瑞咬着牙说，五个人没有拉动犁子，干脆死了算了。不栽哪干尿罐子里死了去，肖孟也咬着牙说。秀仙说：“换了又换，跟闹着玩似的，几个人也没有把犁子拉走，让外村知道看丢人不丢？”三个妇女嘟嘟囔囔、说三道四、指手画脚、唧唧哇哇弄强老大一顿，使强老大吃不熟馍似的。强老大哪能咽下这口气，不讲三七二十一、五八四十，猛一脚，“哗啦”把犁子蹬歪了。说，嘿！气人，气人，真气死人。虽说强老大把犁子蹬歪了，只是咧了咧嘴，并没有叫疼。但相叔心里可是痛极了。村里的人都知道，犁子不是相叔自家的，犁子跟相叔的时间可不短了，整整五年。这五年里，无论夏收夏种，也无论秋收秋种，翻渠调沟，犁土碾坯，犁子都陪伴着相叔。相叔呢？又总是那样：螺丝松了拧一拧，铁框生锈磨一磨。相叔爱护犁子如同军人爱护枪支，文人爱护笔杆子。就说去年犁红薯吧！薛驰问事，东村有一个把式来跟他借犁子，说只用一上午。结果麻烦了，那个人到天黑才把犁子送回来。第二天，相叔一大早起来一看，犁子被用坏了。后来薛驰知道，也没有批评相叔，只是说挖树没有锨，吃饭没有碗可不中。就薛驰那句话，一下子印在相叔脑子里了。要说犁子使坏了怨谁，当然怨相叔。犁子借出去没有毛病。现在被使坏了，按生产队规定，公家的东西不能往外借。相叔当时是怎样想的呢？后来不得不跟薛驰说实话，说认为公物暂时由私人保管，借出去万一使出问题，由生产队出钱修修。自那以后，相叔非常爱惜生产队每一样物件。

相叔慢慢走到犁子跟前，轻轻把犁子扶起来，自言自语，说犁子就是犁子，又不会说话，还是事在人为。因为相叔心里清楚，反正强老大不打算再把地犁下去了，弄给他两句出出气，扇两巴掌给他还让他丢人，看强老大咋好意思走出这块地。哪知强老大估摸了半天，想出了鬼主意，抓住相叔就是一顿教训，说相叔当了恁些年把式，犁这地，问相叔亏不亏心？强老大这一招，相叔没有想到。不但这样，强老大还步步紧逼，只弄得相叔招架不住，说相叔犁这地，就是种金子也能变成臭狗屎，还有相叔咋有脸说事在人为。

虽说相叔不吭声，只不过是认识了强老大。但相叔越是稀得捏不起来，强老大越凶得很。强老大说他早就看出来了，说相叔屙屎没有谁能给他擦净屁股。强老大唠唠叨叨，一会儿把相叔气恼了。相叔说他经了四茬队长，哪一个队长也没有强老大恁心胸狭窄，整天妒忌成性，又想让人家干好，又怕人家干得比他强。强老大能喝相叔这一壶吗？村里的人可别忘了，论门户、论人头，相叔哪一点也比不上强老大。强老大一听相叔腌臜他，骂开了，说相叔说话如放屁。犁地是公事，强老大骂人、霸气，不少人咧嘴，说，就算强老大有私人恩怨，也不该统着恁些人使。众敬听不上去，在村里人面前说强老大就不该当队长，应该当公安局长，“呸！”昌于呸强老大，说强老大这么骂，相叔反倒有理了。相叔挺着腰，故意拍着自己的脸，说他自己不要脸了，今儿就统着村里人把屁放放，让大家知道知道，看强老大这个队长是咋当的，该不该知道脸红。“老家伙就是队长，老家伙就当队长，你他娘的气死活该！”强老大蹦到相叔跟前，指着相叔。相叔这会儿也不把强老大当队长看了，也不软、不鬫了，也跳、也蹦，说强老大丢人、丢人，真丢人，丢当官的人，说人家当官调解矛盾，说强老大当官弄啥架势哩？算啥玩意？光怕架打不起来，小心眼，怕吃亏。“好，好好，好你个姓相的。”强老大脸铁青铁青的，指着相叔，说今儿相叔不把问题说清楚就不能算结局，倒要问问，他强老大叫谁打架了？非得去公社评评理不中,非得给相叔打官司不中。眼看强老大没有辙，傻了脸，不得不用“告”吓唬相叔。“俺不是官，俺公社没有人，俺不知道公社大门朝哪开。”相叔扯着嗓门吆喝。两个人互不相让，如同斗嘴的鹌鹑，咬红了眼。

两个大男人斗架，弄得取瑞心里乱糟糟的。强老大真把相叔告到公社，相叔可是吃不了兜着走了。取瑞毕竟是妇女，没有出过三门四户，在告长告短的事上害怕呀！

严格正说话好听，说相叔不喝强老大那一壶，是强老大不自量力找的。老罗说只不过犁地深浅，也不算大事，再说纯属工作，强老大把事指出来也就完了，没啥说不过去，也没啥大不了，让相叔今后改了就算了，何必那么大惊小怪。“你没看强老大急了，觉得难堪，还是俗话说得好哇，兔子急了咬人，强老大扶犁子，五个人拉，没有拉动，生气，觉得丢人，他光想扶好犁子，把地犁好，他不会呀，要不他咋不是把式哩？”严山说。“再咋生气也不能骂人呀？搁其他人身上，他得考虑考虑！”耿旺说要是他，他也不敢！“早知今日，何必当初哩，”予平深说，“强老大当初别逞能扶犁子，能会出这事？不就觉得他骂相叔骂下来了，人头多，有拳头。”

据说，强、相两家过去有过节。相、强两家曾三代为邻，只是到强水这辈，强家一连六个儿子，人头旺了，口气也自然而然变大了，人性也傲慢了，胆大了。相叔只有一个儿子，已是三代单传。儿子少在村里光棍不起来，相叔比谁就清楚。相家到相叔这辈单传，是定了局的。相红八岁那年，相家喜从天降，相叔的老婆潘凤又怀孕了。哎呀，相红八岁了，潘凤又怀上孩子，可把相叔喜欢坏了。相叔逢人就说，见人就讲，占卦、观相、看宅子。潘凤又喜欢吃辣的，这算来算起，看来看去都说相叔命中注定必有俩儿子。从此相叔再不相信阴宅单传的说法。一天上午，相红趁大人还没有收工，就偷偷爬上强水屋后一棵枣树。枣树上结满了枣子，红的青的，相红喜得不得了。相红在枣树上沿来沿去，一会儿摘满满几大兜。相红正准备下来，强水和强老大叽叽咕咕回来了。可把相红吓坏了，相红心惊肉跳也不知道咋着是好了。相红越心里紧张咚咚直跳，两只手越不听使唤，紧张着在塞满枣子的衣兜上捂来捂去，就这样，枣子噼里啪啦从衣兜里窜出去了，掉在地上。强水听见树上有人，见相红在树上趴着，就催着相红下来，说只要把枣子给他就算了。强水喊，强老大也大叫，这样相红就更不敢下来了。相红赖在树上不下来，强老大气得狗不得过河似的，就大骂，说相红小兔崽子，胆子不小啊，敢偷他家的枣吃，下来非修理他不中。相红本来就害怕，再经强老大吓唬，就更不敢从树上下来了。“你等着，你等着，看我不把你打下来。”强老大看相红不肯从树上下来，说罢这番话就气冲冲地跑回家了。强老大走后，强水一看势头不妙，就催着相红赶快下来，说一会儿强子来了会把他打下来。经强水好说歹说，相红才敢慢慢从树上沿下来。相红正从树上往下下，强老大来了，站在树下，手里抱着粗粗的、长长的向日葵秆，说相红不是不下来吗？有种别下来呀？这一下相红想下也下不来了，只好趴在树身上，停在了半空，右手抓一个小树杈，动也不敢动。

“相红，你说你今儿下来不下来吧？今儿你要是不下来，我就把你个王八蛋打下来。”强老大说着用脚朝枣树上跺，说相红再不下来，他就敢捅死相红。强老大用葵花杆朝相红屁股上、胳膊上、大腿上捅。相红终于忍不住痛，只好慢慢从树上往下滑。相红快着地了，强老大生了歹心，一竿打在相红屁股上。相红摔下来了，胳膊断了，腿也站不起来了，狼嚎般大哭。

潘凤听见哭声，怀疑是相红，就怀着几个月的身孕，歪歪趔趔出去了。随着哭声来到强水屋后，见相红躺在地下。潘凤气个半死，说就摘他家几个枣，也犯不着把孩子打成这样。强老大并不承认打相红，说是相红自己从树上掉下来的。

相红尽管偷强家的枣子，输了理，强老大还不敢对潘凤生歹心，因为潘凤怀着孩子，强老大只能让潘凤说三道四。潘凤又恼又气，哭了，说强家再光棍，总不能把相红杀了！潘凤把相红兜里的枣子撒给了强家，背着相红，一晃一晃走了。天有不测风雨，人有旦夕祸福。潘凤回到家，肚子里的孩子也累掉了，可算人财两空啊！

相红挨打事小，潘凤肚子里的孩子没有了，对相叔打击多大啊！所以说相叔在这件事上不生气是假的。相叔说命中无儿难求子，人的命由上天决定，说他本来就没有两个儿子的命，想再要儿子，难呀！潘凤说，照相叔的话，她就该是相叔的老婆，相红就该摘强家的枣子，她就该背相红把肚子里孩子累掉。潘凤生气，说啥都不是，是强家人心赖，她就不承认强老大是好东西，她这辈子记住强老大，相红这辈子记住强老大，到她孙子那辈记住强老大，到孙子的孙子，辈辈都不忘强老大。强水儿子多，相叔儿子少，强与弱没法比。假如这件事反过来看，相红打了强家的人，结果怎样呢？门户大，人头多，拳头硬，谁就翅膀开，这是一个约定俗成的观念。

黄土地上站着两个凶巴巴的人物，强家人头旺，撑起一片天，相家敢拿鸡蛋敢往石头上碰吗？强老大一直气呼呼，高腔怪调，不仅把相叔告到公社，还得让相叔在大队群众会上做检查，还得扣三天工分，还要……看这样子相叔难逃一灾呀？就是不死，也得秃噜几层皮。

强老大说非得拿相叔当典型不中，倒要看看相叔能有多光棍。听强老大那些话，要把相叔得罪个叫苦连天呀！相叔不怕，说随强老大的便，大不了再死强家手里一个人。

村里的人走了，都等着这后来即将要发生的事。那么强老大能不能如愿，相叔会不会成为落汤鸡，村里的不会不议论。

回家的路上，耿旺说强老大不该组织再拉犁子，强老大该想想办法，做做几个妇女工作，打消她们分班拉犁子的念头。相叔不该当着恁多人顶撞队长，逄老二说这样一来让队长下不来台，队长没台阶下了，肯定生气。强老大像官样吗？看看人家当官，说出的话比金子还贵，说出来就得算数，强老大说话刮风似的，予四咧着嘴说。技哥说分组拉犁子是取瑞的主意，想借拉犁子治治妒妮，谁知道队长不是明白人。还是强老大没有工作经验，这点小事就弄不好。严格正说强老大不往工作上想，想帮帮后来仨妇女，帮没帮成，反倒越帮越腌臜。强老大搬石头砸自己的脚，活该！强老大是队长，取瑞要分，强老大硬不分，取瑞也没办法，这下好了，聪明反被聪明误，强老大不仅暴露自己，还得罪一大堆人，成了猪八戒照镜子——里外不是人。众敬和罗志都这么认为。朝爷是扶正祛邪的人物，爱当面鼓对面锣，不知这一回咋了，好像犯天规似的，眼看强老大出圈，几个妇女嘴不饶人，一直到散场也没吭一声。朝爷是长辈，不好意思在小孩面前说三道四，回家路上应该说点啥，所以严山故意和他走在一块。严山给朝爷点上旱烟，很亲热，问朝爷，说上了年纪少吸几口烟，万一后来落个痨病啥的就不好了。朝爷听出是严山在关心他，说他们这些人都是土命人，不碍事，死活不值钱。朝爷“咳咳”两声，吐了一下，说小鸡争吃的，无非为了活下去，肚子里有就给主人下个蛋，小鸡活得年纪长了，成了老鸡，病了、死了，主人把鸡肉煮着吃了。嘿！朝爷说人活着为的啥？鸡活着又图个啥呀？朝爷这番话让严山懵懂，不过也不是不能理解，看透不说透吧！说来说去严山还是觉得朝爷有点古怪。朝爷吸完一捏旱烟，严山又给他撮一撮。朝爷冲着严山一丝微笑，说他活了大半辈子，是头一回见相叔发火，还恁大，还恁准。朝爷这句话把严山从梦里拉回来了。严山觉察出来，心想并没有觉着朝爷哪儿不对劲。严山看着朝爷品旱烟，两个人迈着悠闲的步子，走着走着，朝爷又“嘿”了一声，说人不可貌相啊！严山够精明的吧，一撮旱烟叶撬开了朝爷的嘴，问朝爷，说就这样下去，强老大能当好队长吗？这样糊里糊涂咋带村里人搞生产。其实，严山问朝爷慎重得很，生怕朝爷看出是故意套他的话。朝爷说，薛驰走南闯北，结果咋啦，还不是五八四十。朝爷说就这社会，上头不叫谁有理，谁能说出个子丑寅卯，说出个里表啊？朝爷六七十岁的人了，论道行比严山修得长，也老练，虽不能用走过的路、吃过的盐、走过的桥把严山比得很小，朝爷也毕竟是老姜。朝爷步子加快了，严山这才意识到，问朝爷话太多，也太直了，有点耍小聪明的那种感觉，因为自已儿子才不干副队长并没有多长时间。严山放慢了脚步，等朝爷走远了，快到村口，这才慢慢往前走，忽然后边撵上来几个人，不知不觉中，老迪奶奶啥时候一歪一歪也在身后跟着。严山看见老迪奶奶，心里咋觉不是滋味。

老迪奶奶是村里唯一的五保户。原先薛驰当队长，严格正是副队长。按严山的话说，儿子当了副队长，他的腿也长长了：老迪奶奶屋子漏了，儿子叫他给她补补；公社下补贴，儿子叫他给她跑跑腿；生产队分东西，儿子叫他给她扛回家，哪怕生产队分几棵青菜，几个萝卜头，严山也得给老迪奶奶送回家。因为严格正这副队长吩咐他严山要这么干。儿子当官，他跑腿，老迪奶奶从来就是坐享其成。严山说北地啥庄稼，南地啥时候该收，今儿风有多大，明儿能不能上工，老迪奶奶哪儿出过门呀？有一回公社下救济粮，五十斤，儿子非要他给老迪奶奶扛回家，这下可把严山气坏了。可是严格正说话有理呀，说老迪奶奶年岁大，就是备钱留也不过活五年六年的，说：“爹，你就全当帮帮儿子。”严山生气也不是没有理啊。严山接话也不好听，说再有三四年恐怕老迪奶奶死不了，他就被折腾死了。严山生气儿子，因为儿子成了爹，严山这做爹的反倒成儿子了，经常得听儿子使唤，严山说他眼看就快成老迪奶奶的养子了。

自从薛驰倒台，严格正没官，严山心里反倒踏实了。严山不仅听不到薛驰吆喝，也得不到儿子指挥了，但是见老迪奶奶的次数比以前多得多了：田间地头，上下工路上，大街小巷，菜园池塘。总而言之，严山觉得老迪奶奶有些让人格外担心，格外让人同情和可怜。严山说他彻底知道好与恶了，原来，做官还有那么多种类的人，只不过都戴着面具。

丢人现眼

妒妮、缺花和决决谁也没敢解绑在犁子上的绳子，逢子却歪头歪脑，不甩乎、不在乎，把妒妮那根绳子解下来了。肖孟气冲冲来到犁子跟前，拽住逢子刚解下来的那根绳子。逢子以为这是他家的绳子，拽着绳子不松手。肖孟正一肚子火，哪肯把一个毛孩子放在眼里，猛劲一拽，逢子被稀里糊涂扯出几尺远。“娘的……”逢子张口大骂，肖孟大眼一瞪，指着妒妮，说他娘就在这儿站着，说逢子都劲骂，看他娘是女人不是？肖孟说罢那番话，逢子脸铁青铁青的，再没敢吭声，只是恶狼似的瞪着眼。肖孟一边缠绳一边骂，毫不留情，说刚出王八壳，仗你人头多咋地。甭小看肖孟那么一拽，逢子半斤还是八两，被称出来了。要不肖孟不敢那么凶儿吧唧不饶逢子，不然逢子不吃肖孟那一套,来个疯狗乱咬,肖孟躲不过去,还真没有办法。

决决看着妒妮,感到意外,说看逢子恁大个,咋恁没劲呀？怪不得站那儿不敢动了。决决说她以为看着逢子个头不低，能打仨携俩，原来只不过学生里面的招牌。

“谁看他是棵葱？逞逞能算了，娃娃孩也不如。”取瑞看着肖孟，腌臜逢子，说她以为逢子有多大劲哩，原来就这个熊样，不知道天多高地多厚。

也算逢子丢人现眼，想要要威风，在娘辈行里表现表现自己，可是，连他自己也没有想到，看起来社会上这些粗手笨脚的人，一个一个咋还恁大力气。其实，肖孟、秀仙和取瑞根本就没有把逢子放在眼里，要不然开始也不会让逢子帮妒妮拉犁子。取瑞说就知道逢子没有多大劲，才不把他当人看，才没说啥。取瑞说人家烧香拜佛到神圣前面，她几个也没拜到神祖爷屁股后头哇，今儿咋就恁不顺哩？取瑞看着妒妮，话里带刺，变着味。妒妮听得出来，也看得出来，赶紧说逢子，小孩子家连横竖道都不知道，大人家给小孩子一样弄啥呀？妒妮一边解释，一边袒护儿子。妒妮话音刚落，肖孟说话了。肖孟瞪着逢子，说给妒妮听，说她儿子还小啊？杀人心都有了，别光仗年纪小，心黑着哩！秀仙没说什么，也没必要再说什么，都看得出来，秀仙那团火在手上，甩着绳子沙沙直响。

决决憋一肚子气，一直没敢出声，无非就是“怕”。可是，怕总不是办法，明明知道尿床，熬一夜不睡觉，再熬一天不睡觉。明明知道，只要睡觉就得尿床，那么也不能夜夜不睡觉，天天不睡觉吧！决决来到犁子跟前，说，拉，累死也得拉，不拉一辈子说不起话，拾起一根绳子。决决自己拉犁子，简直是，嘿！……怎么说呢？也只不过赌赌气算了。决决捡起绳子，搭在肩上，看见妒妮和缺花还没有动，气得一身火，说她俩都哑巴了？有本事使出来呀！决决只管用力自己拉，由于决决气度过分，用力过猛，一下子栽下去了，弄了个嘴啃地皮。逢子喜欢坏了，笑得打歪歪，拽起杈子撒腿就跑。妒妮和缺花偷着笑。取瑞、秀仙也笑，还大笑。肖孟说决决活该！决决吃了亏，要多难堪有多难堪，非常恼火，说故意使坏心，不得好！决决说这话，是瞪着肖孟说的，说她活该，她就是活该，今儿总不能因为没拉犁子逼死她。决决用袖口抹了嘴角上的土，骂着，早晚也死血泊子里。肖孟又不傻，听出来决决骂她，但肖孟不但不和决决对骂，反而故意刺着让她骂，说是上天有眼，恶有恶报。经肖孟三言两语一捣鼓，决决还真狗肉上了桌，骂得更凶，说肖孟坏良心，坏良心不得好死，心里没闲事别怕鬼叫门，有理摆出来说呀！取瑞听不上去了，说决决，自己眼装裤裆里，拿屎盆子朝人家头上盖，搁这驴天马地，骂谁呀？再是队长老婆，也不能不讲理。因为取瑞清楚，肖孟不和决决骂，知道绳子是逢子解掉的，当时逢子解绳子肖孟看见了。大概逢子以为是他家的。肖孟把绳子从逢子手里夺走后，逢子又解两条，其中就有决决的那条。决决的那条绳子被逢子从犁子上解掉了，妒妮也看见了。

妒妮害怕肖孟和决决吵，把事情闹大，不好收场，就赶紧把绳子缠了缠，劝决决别骂了，说都是逢子的事，是逢子解了她的绳，结果妒妮和缺花灰溜溜地走了。决决气得最狠，听妒妮说是逢子解的，脸紫不拉叽，拉着绳子走了。肖孟见决决走了，肖孟咬着牙，说决决别走啊！有种在这儿骂呀！咋不摔死她呀，眼装裤裆里，再搁这儿骂，就跺她。

就算强老大欺人太甚，还是搬石头砸了自己的脚。强老大是块磨盘，还是被取瑞这个小鸡蛋砸痛了，虽说没把磨盘砸烂，磨盘上也被糊弄得要多腌臜有多腌臜。决决是母老虎，还是被肖孟这只猴子玩得团团转。决决故意骂人，骂来骂去自己脸没处放。取瑞她们真不简单，虽说吃了苦，累得不轻，结果还是让人佩服。

相叔与强老大为了工作，斗得不轻，也没弄个胜负。强老大走了，臭狗屎一样。相叔刮了犁面上的土，正准备扛犁子走，取瑞和肖孟靠过去，说不让相叔扛犁子了，她俩抬着走。相叔带着微笑，说不用她俩扛，并安排取瑞和肖孟，说以后再干活记住，千万动动脑筋，说当干部也不容易。相叔表面平静、沉着，而心里却蒙受不少耻辱。相叔说也不知是咋回事儿，凡有人，凡村里集中的地方，就偏偏离不了逢子，如果不是因为逢子像跳蚤一样蹦来跳去，事情咋也不会弄恁糟糕。相叔问取瑞，让她仨说说，就凭她仨这力量头和决决她仨的力量头，能有啥悬殊？秀仙说：“啥悬殊啊？一个小鸡有俩爪，挠来挠去不差啥，我看啥都不是，怕掏劲。”肖盂的看法，她说还是逢子，是逢子王八蛋不自量力，看他那熊样，恁小球孩，个子都过五尺了，看上去咋不像有把力气，结果又添杈子，五个人，没把犁子拉走，就该出事。肖盂说碰见强老大又球不懂，对这个不放心，对那个存疑心，又以为自己不得了，打着肿脸充胖子，竟然自己扶犁子。要不是强老大，她几个还不会恁稀哩。强老大一兜兜劲，逢子和杈子虚晃一枪，取瑞说想想看，强老大能不生气吗？秀仙更气愤，说强老大生气咋着，她们不吃强老大那一套。

相叔扛着犁子，好像肩上压千斤重，走路晃悠悠半死不活，血红血红两只眼翻瞅着妒妮，说看他们逢家能把那兔崽子捧到天上不能？逢家早晚也毁到那个杂种手里。相叔说，五八年，有一回生产队分韭菜。村里人听说分韭菜，菜园子小土屋前来不少人。那天下午特别热闹。相叔说小土屋门朝南开，门前有条挺直的南北小路，大概四尺来宽。一说到分菜，那条小路上就显得特别热闹。热闹归热闹，只不过都是些小孩子闹腾：相互搀扶着，扯扯拽拽，嘻嘻哈哈，有的在菜园地里蛮劲跑，从大葱地蹦到芹菜地，白菜苗也不顾了，把园主气得够呛。有时园主气极了就嗷嗷叫，甚至骂几句，尽管怎样不满，菜还是要分。园主把辛辛苦苦割下来的韭菜一篮一篮扨到小路两边，等村里大人下工后来拿，因为每次分菜都是那样。又到放学时候了，这时候也是园主最担心、最害怕的事。

逢子听说分菜，家也不回了，去了菜园。小土屋门前小路上站满了人，都是些孩子，大大小小的，瞪着圆溜溜的两眼，瞅着一堆一堆韭菜。园主忙活完韭菜，嘴再不使闲了，哪怕眨眼工夫也得吆喝几声，说只许看，谁也不能拿，都得远远的，谁要离近了可不分给谁家韭菜。

逢子从地里斜着踏过去，在小土屋门前小路趟几个来回，瞅准了一堆韭菜。要说逢子瞅那堆韭菜，其实和别的韭菜就是不一样：叶又粗又长，特别嫩，特别干净，堆还大，好像园主特意准备的，所以那堆韭菜旁边小孩最多。逢子把书包就放在那堆韭菜边上，不过还是放心不下。逢子扑闪几下眼皮，瞄了园主，抱着韭菜就走。园主看见逢子抱着韭菜想走，就说，园主说刚才他就说了，等大人都来了，家家都到齐了再拿。逢子看见园主拦他，非常生气，骂园主，说他是这村里的人，想拿就拿，说园主咸吃萝卜淡操心。园主一听逢子骂他，恼恨在心，几步来到逢子跟前，指着逢子，说逢子个兔崽子，别说逢子，就是他爹来，也得喊园主一声叔。园主说逢子胎毛没退，想当园主的老子，说逢子反了天了，说今儿逢子的老子不来，他园主还就是不让逢子拿韭菜。

逢子本来就不是省油的灯，园主统恁多人骂他，就算拿不走韭菜，也不会让园主心里好受。气愤之下就揭园主的老底，说园主是哪来的人，说不让园主在这个村住，园主就得滚蛋。

常言说得好哇，打人不打脸，骂人不揭短。说起园主，叫舟沉，他的名字三里五村没人不知道。要说园主的来历，的确有段不寻常、不宜为人知的秘密。据说，舟家清朝后从河北移民来到这个村里定居。村里人给了舟家宅院和田地，所以舟家一直过着简朴、勤快的日子。舟家为人仗义、善良，知恩图报，在村里与不少人家结为好邻。虽说舟家作为村里唯一外来户，但舟家在村里却相当受人尊敬，生活待遇也从来平等。逢子说出的话不多，但分量不轻，这样一来，一下子把舟沉带到过去，这无疑刺痛了舟沉的心。所以，舟沉不能不掂量掂量以后在村里的位置。舟沉难过，眼巴巴看着这些菜苗苗就像那些活蹦乱跳的孩子，看着这个已经住了八年的小土屋和被他踩得明光发亮的小土路，再看看菜园里绿得发亮一块一块的菜芽儿，舟沉流泪了。

村里人都下了工，男男女女涌进菜园里，分了韭菜，天已经很晚了。菜园里也显得格外冷清。舟沉在菜园里转好几个来回，这一晚舟沉说他一辈子都不会忘。

舟沉还和往常一样，回家吃了饭，歇一阵子，又回到菜园里。还是没有出乎舟沉预料，逢家兄弟去菜园里找他。但是，逢家兄弟并没有在菜园子屋里见到舟沉，况且舟沉的铺盖也卷走了。逢老二说这七八年，舟沉的铺盖从来都是在菜园里，逢老二估计，说十有八九舟沉就没有回家。

舟沉能去哪儿呢？逢老大说，既然舟沉敢那么做，并没有理由跑啊！舟沉要是害怕，就该跟他们逢家赔礼道歉；舟沉要是生气，就该跟他们逢家讲理。逢子非常得意，说他大哥说得对，就他们逢家恁些人，吓死舟沉也不敢骂他。逢老二接过话问得不好听，说不敢骂逢子，逢子咋挨骂了？

舟沉离开菜园子，走了，其实走对了，要不然出多大后果就很难说了。舟沉临走时想很多事，他说既然逢家把他的过去传得人人皆知，这就明摆着让村里人瞧不起他，迟早迟晚他也会抬不起头，难以生存。舟家并不亏欠村里任何一个家族，因为舟家祖上早年已经吃请过村里那些大户，这其中也包括逢家。

逢家兄弟回到村里，扬言要收拾舟沉，看那阵势舟沉很难逃过一劫。逢子说一定要让舟沉知道知道他逢家的厉害，别以为谁想欺就欺哩！逢老大出口，修理舟沉比踩死一只蚂蚁还容易，这自然体现了逢家的气派。

天黑下来了，阴沉着，让村里这些老少爷们心里烦烦的、乱乱的。

舟沉啊舟沉，这可是他给自己带来了一桩麻烦事，就是死也不会有人可怜他。一个外来户，逢家犯得着兴师动众吗？黑压压一片，有人说。舟沉不在家，逢家想发火也找不着茬子。就是舟沉在家，逢家也不能把人家打死。逢子说舟沉打他，还说就不分给他韭菜，说他光棍，越光棍越不分给他韭菜。逢子咬着牙，说舟沉打他了。逢老六说看他舟沉能跑到哪去？打他弟弟吓跑了。有人问，说舟沉人呢？人去哪儿呢？舟沉哩，站出来说说理呀！有人替舟沉担心。舟沉为啥躲起来，躲着不敢出来见人呢？逢老大大喊大叫。舟沉不在，这不明明让逢家抠了理。舟家是外来户，这“外来户”舟家纸里什么时候也包不住火呀！舟沉敢在村里横行霸道，简直反天了。逢家老少都说咽不下这口气。逢家老少在舟沉门前折腾足足一个多小时，这样一来，舟沉的底细像炸锅一样传开了。

舟沉老家是河北的，村里的人听到这话，如同刚睡醒似的，又好像多稀罕似的。话又说回来，河北也罢，山西也罢，都没啥大不了，无非为了一辈一辈生存下去。可是，逢家还真把舟家舟沉的历史当作一回事了。逢家为了门面、脸面，把不算个事的事弄个事出来了。那么，到底舟沉去了哪儿呢？

舟沉徒步去了三十里外的县城，找在公安局工作的薛驰去了。薛驰说，就他们这个村子，除薛家和朝家，无理查百分之八十的家族都是民国前迁来的，有些家族在这儿住时间稍长些。薛驰说的尽管是事实，舟沉再也听不进去了，因为太生气了。俗话说，喜乐无常气伤肝，不久阴间又多一个冤魂。舟沉因气伤过度吐血而死。舟沉何谓不是托了逢子的福啊！舟沉死了，逢家的人解了气，心安理得了。舟沉死了，逢家的人是解了气，但他们并没有因为舟沉的死而让地球倒过来转，相反，逢家的人该吃多少还吃多少，该吃几个馍还吃几个馍，该喝几碗汤还是几碗汤，年纪大的男人照样扎胡子，吃奶的孩子照样尿床。

舟沉与逢子从拌嘴到死，逢家老老少少没有谁碰舟沉一手指头，这个功劳应该归于逢冲。因为逢冲自始至终没说不中听的话。通过这件事村里的人对逢冲评价特别高。那么，逢冲在村里是不是占据了很重要的位置呢？当然，村里的人说法褒贬不一。“说实在话，逢冲这人不算赖，老实人。”强老六说虽说逢家那些人都凶儿吧唧没把舟沉当人看，逢冲并没说啥。如果逢冲再加加劲，逢家人可不敢把舟沉撕吃。不能不说强老六说话在理。一把干柴火，浇点油或泼点水就是不一样。但权子的看法不同，说逢冲是好人？也就那么回事吧！权子说逢冲心怀鬼胎，一般人看不出来就是了。逢冲这人到底咋样，村里说法不一样。罗志并不是站在逢家立场上说话，说一个人再好，也有人说坏；一个人再坏，也有人叫好，不相处一个人，很难说好坏。严格正说和技哥拉呱拉呱，听听技哥咋评价。严格正说，舟沉死后，技哥接管菜园子，第二年麦后，笨瓜成熟了，技哥把笨瓜一堆一堆摆放整整齐齐。常言说，一亩园，十亩田。技哥只管忙活菜园里的零星活，等劳动力下工后来拿。

小孩子听说分瓜，都叽叽喳喳嗡菜园子里来了，不过，这一次和以往不同，孩子们离一堆一堆笨瓜很远。因为自从舟沉死后，生产队有规定，没有劳动能力，不能拿劳动工分一律不准到菜园子里分菜。这条规定出来以后，小孩去菜园子的次数明显减少了。相红也是孩子，离一堆堆笨瓜稍近，技哥并没有太在意。

逢冲也来了，迈着方步，一进菜园子就和技哥打招呼，奉承技哥，说技哥这会儿忙得不轻啊？看这菜园子，收拾多干净，逢冲点头哈腰。逢冲怕技哥吗？那倒说不上，不过，逢冲瞅见相红就又一副模样了，凶巴巴的，说小孩子家，一边玩去吧！该上哪儿转上哪儿转。逢冲咬着牙，阴沉着脸，声音特别低，让相红滚。相红头低着，翻翻眼皮，站那儿没动，并没有想走开的样子。逢冲见相红不理睬他，就故作镇静，冲着技哥笑，说看看看看，技哥种出来这菜咋恁干净呀！逢冲把声音又提得老高，似乎故意说给周围那些大人听的。一会儿逢冲又把声音压低了，骂相红杂种，王八蛋，说看他走不走。逢冲刹那间两个面孔，一副变色龙的形象。

逢冲的一举一动技哥早看出来了，并且也听到了。因为，技哥把笨瓜分成堆不可能离得很远。俗话说，做啥依靠啥，买啥吆喝啥。技哥忙活操心的是菜。

就这百来口人的无理查村子，土地里并没有藏着金银国宝，陆地上也并没有战争厮杀和掠夺，逢冲犯不着对待相红咬牙切齿，只能说逢冲就那么点小出息。俗话说，好人不长寿，祸害养千年。逢冲有六个儿子，说逢冲坏人的并不多，还是有理由说逢冲积了好德好善的人多。话又说回来，要是积了德、行了善都像逢冲背后那个样子，不知道人这辈子还能有几家不是七男八女，还能有几个不是当面做人，背后做鬼，阴一套阳一套。不知道还能有多少家，待后来儿子成了器，人强马壮了，想不光棍就难。现在的逢冲就是雄赳赳、气昂昂。

不是逢子缺乏教养，是他太娇养了。昌于认为，啥教养不教养，弟兄多，拳头硬，就是理，就是教养。技哥说打架都往上冲，鼻青脸肿打一顿，看理在哪，看还讲不讲教养，看理还起啥作用？如果舟沉有仨大俩小，能会没理，能会气死？予四说逢家就两种人，逢冲是暗箭，逢子是明枪，明枪易躲，暗箭难防。从强老大组织拉犁，到被肖盂办难堪；从逢子胆大妄为、目中无人，到村里人议论见识，谁总结几条，说说理在哪儿？严格正说不相信拳头厉害不中，拳头就是理。

回村路上，逢子对权子说，他说如果相叔也是外来户，他兄弟几个保准把相叔赶走。权子反驳逢子不好听，说本来相叔扶犁子，强老大不让人家扶，总不能怨相叔。反正这一回怨相叔。逢子说话无理赖三分。权子看不惯逢家仗势欺人的那种八成理，决定避开逢子，说让逢子先走，他难受。听听逢子的口气有多大，一个毛孩子说出话就那么理直气壮，心肠就那么刻毒，难怪权子不想和他一块走，觉得逢子恶心。

“权子，你有多大劲呀？你咋恁逞能，你帮逢子他娘拉犁子？”权子回到家里就招到母亲的责怪。权子的母亲吵权子，说就权子能，给逢子混一块将来要有出息哩？权子知道错了，赶快跟母亲解释，说他知道错了，是没办法才做的，再说他也没有真使劲。通过这一次拉犁子，权子长了见识。

柱柱和单科又一起玩了，权子心里非常高兴。就这样柱柱与单科关系慢慢加深了，亲密无间，来来往往相处，一直保持了下去。好景不长在，好花不常开。一天下午数学课，单科向柱柱求教数学题。因为柱柱在班里学习成绩一直相当好、相当优秀。然而，柱柱并没有理睬单科，从那以后，两个人保持了很久的关系又开始慢慢淡了。

要说柱柱学习成绩好，班里公认的，实实在在的说是老师的眼珠子。没有柱柱不会做的题，没有柱柱不会背的课文。

柱柱所在班里经常搞集体劳动，比如打扫厕所，清扫校园卫生，植树等等。只要集体劳动，无论干什么活，哪怕再轻再重、再干净再脏，老师就不让柱柱参加，因为柱柱学习成绩好啊！是将来的大学坯子，一个大学生即将出世，老师疼还来不及，哪能让柱柱参加集体劳动呢！这样一来，成绩差的学生在柱柱眼里就成了沙粒，柱柱还能看得起单科吗？

有一天权子向母亲告柱柱的状，权子说他操柱柱几回心，总见柱柱和驮子、贯贯在一块儿玩，上学、放学、薅草，没见过柱柱和单科在一块。

单科又好像一只没有归宿的鸟，回到一年前的样子。

七十年代中期，是一个充满不确定性的年代。薛驰又一次一落千丈，被拘留在公社看守房里。薛家再一次陷入穷困。这一回薛家真是名存实亡了，已经有薛无家了，几乎妻离子散。就这样雪上加霜的日子，薛驰仍然非常坚强，挣扎在黑暗里，挣扎在死亡线上。

不知有多少人说薛驰是强者。然而，一个再强的强者，有人故意把他推向无底深渊，又有谁能奈何得了？强者再强，终有弱的时候，薛驰本身就不是强者了。薛驰说，他才活了不到半辈子，到底得罪谁了，为什么如此折腾他？薛驰终于服气了，他说他到底做错了什么？他是凭良心为老百姓做事，他不争权，不要权，全心全意为人民，咋就不知道错在哪儿了呢？薛驰认输了、认栽了，觉得活着比死难受，真的绝望了。薛驰说，本来一个活蹦乱跳的社会，为什么死一般；本来都是活生生的人，为什么有些像死一样。那些不能算作人的人，他们挖空心思混日子，只是躯壳般在那儿摆着，指挥一些活着的、没有脑子的人、没有脑子的官。薛驰要骂，因为恼透了。薛驰说，在这个世界上，活着真没有意义，他想死呀！但他找不到死掉的理由：他没有杀人放火，他没有贪占公款，他没有淫乱嫖娼，他没有做对不起党和人民的事情，就这样死掉了，结束自己的生命，也太模糊了，死掉也太丢人了。薛驰想：像他这样境遇的人何止千万，难道都要寻死觅活？但后人要怎样看待今天的世界啊！

现在黑白不分了，睁开眼与闭上眼没有两样，他为什么还要死掉呢？薛驰说只能冷静想，只能安慰自己。薛驰说只要他们那些人不打死他，他就没有必要死掉，他活着不仅仅为了自己，为了后来一代一代人，也是为了周围的人，给子孙留个好名声，他是因为工作得罪了人，得罪了那些官。

薛驰忍受清白与模糊接近死亡的痛苦。单科的日子也好不到哪儿，正接受来自各方面的打击和侮辱。

最开心的还是那片槐树林子。如果说槐树林子招人喜欢、让人开心、令人向往，那么，它每一天都可能会有奇特或非常奇特的事情发生。如果槐树林子每天都有新传奇，那么一定是神灵显世，凡胎超脱，穷无聊生而一夜万贯家财，使那些神情恍惚、笨蛋无赖转眼高官厚禄——大概异想天开罢了。如果槐树林子能让不聪明的人变聪明，笨蛋傻瓜气宇轩昂、聪明绝顶，那也实在是——所谓的聪明也无非高傲自大些，敢说说、敢出出风头罢了。

那些高傲自大的人，自以为是的人，脑瓜富有，耳朵和鼻孔里、甚至每根汗毛孔里，所听到、闻到、吸到的无处不是取笑别人的材料。他们浑身上下到处都是孔孔，看不起别人，从孔里飞出去又都是带粉的蝴蝶，当蝴蝶停下来又变成一条一条的毒蛇。

槐树林子里依旧那种热闹，今儿不仅仅是大晴天，人多，偏偏又是星期天，村里男女老少难得盼个自自在在、轻轻松松的时刻。按立秋算起，一直到第二年春上，孩子们头发长得长长的，五六个月，天越冷越不敢把头发剪掉，一直生了好多虱子，挠哇挠哇。春来了，天也暖和了，理发的也来了，这时间孩子的爹娘才催着，“剃剃头、剃剃头”，叫魂似的。

正巧，今儿是理发好日子，槐树林子里叽叽喳喳、跑跑颠颠的到处是些孩子。理发师傅很担心，生怕出现意外，嚷嚷着，慢着慢着，一个一个来，一个剃罢一个再剃，不要慌、不要慌！一个孩子剃了，又有一个孩子剃，都学着比着似的，一个挨一个剃着，等着。有些孩子老实，害怕剃头，爹娘总嚷嚷着、唠唠叨叨叫剃头。俏皮的孩子，发疯似的跑，在槐树林子里大喊大叫，有些围着烧水锅子转。

说起烧水锅子，是理发师傅做的。锅子特别简单：铁皮桶，大概五十多厘米高，粗不过三四十厘米，下边执烧水灶。理发师傅理发前在灶里装满一桶干柴，就开始理发。发理好了，水也热了，理发师傅就用烧热的水给理了发的人洗头。有时候孩子爹娘催理发催紧了，理发师傅就先理发。还有些时候，大人让着孩子先理，大人蹲着吸卷烟。有时候，那些顽皮孩子就开始逞强，发了疯似的，跑啊，跑啊，跑啊跑啊！到处乱转。忽然咔咔咔、咔、咔、咔……一阵子，柱柱被卷烟呛得一阵阵咔咔，说卷烟劲真大。

逢子最捣蛋，拾起朝爷扔掉的烟头，又重新在锅子下点着，装模作样地抽烟，说这烟吸着真得劲。

小孩子以为大人抽烟特别有滋味，也大口大口学着吸，都被呛得咳嗽，又流眼泪。柱柱吸烟，被哥哥看见了，杈子几步来到柱柱跟前，从柱柱手里夺过烟头，扔掉了，训斥柱柱，说柱柱傻了是吧？学啥不好,学吸烟？贯贯的老娘看见贯贯抽烟，就大骂，说他学啥不好，小小孩子学吸烟？有些孩子被爹娘骂一通，仍然俏皮的样子，烟头舍不得扔，摇动着、摆着，有的干脆藏在身后。为后的老娘看见为后屁股后头冒烟，骂开了，说他烧着屁股也不给他补。

逢子是孩子王，争强好胜，从西河抱回一大捆豆荚，后边跟几个比他个子低、年龄小的孩子。那些孩子都用粗布褂兜着：

有红薯，有嫩玉米棒子，来到槐树林子里，一股脑朝烧水锅子下边塞。生产队干部看见了，问逢子，说从哪儿弄的这些东西？逢子说远得很，不知道是啥庄，也不知道哪庄地。逢子几个不知道，队长没有办法了。副队长也揪着不放，问权子，豆子、红薯从哪儿弄的？权子只是白瞪白瞪眼皮，看看逢子，叽都没叽。其他那些孩子更没谁吭气，就那样，一个一个脸发烧似的站那儿一动不动。

“好了好了，都该干啥还干啥，该咋着还咋着。”朝爷说话了，说都是些孩子，就算不吃一个锅饭，也连着筋，就这样算了，以后别学偷偷摸摸的。严山也说，小小孩，手脚要干干净净，偷偷摸摸的以后老婆也找不着。

星期天，槐树林子里特别好玩，人多，说啥的都有，弄啥的都有，所以村里的人几乎把家安在槐树林子里了。单科想到这些，就吵闹着和母亲商量，他说出去玩一会儿，问中不中？说玩一会儿就回来。

村里的人（第三篇）

羊入狼嘴

无论什么情况下，狼和猫都不会像羊和老鼠那样发善心，否则狼就不叫狼，猫也就不叫猫了。不知道逢子那只恶狼啥时候瞄上单科，很亲热地叫单科，说过来、过来，吃豆子。逢子声音特别大，显得心肠好、特别善良，抓把豆荚塞到单科手里。

槐树林子里散发出一股香气，很浓很浓，清香豆荚气，烤焦红薯气，嫩玉米气。烧水锅子周围，孩子们特别忙活，吃红薯，也有吃豆荚的，有的仍旧抽卷烟，也有举着豆荚、红薯或者嫩玉米围烧水锅子打圈转的，都不舍得闲着。单科也吃，是逢子把剥好的豆荚，塞到单科手里，递给单科吃的，但是，就是舍不得让单科离开他半步。不一会儿逢子就说，豆荚是他弄来的，他烧的，说单科得报答他。单科听说单子提到报答，就不再吃逢子递的豆荚了。

天下哪有恁好的事，吃了人家的也没一句好听话，就想走。逢子说吧就叉把着宽宽的两腿，不让单科走。这时候有人就说话了，说拿了人家的手短，吃了人家的嘴软，怪就怪单科嘴馋，想走也走不了了。单科只是低着头，说包逢子豆荚，给他薅还不中啊？逢子一副赖相，说薅，给他薅？就问单科上那儿薅啊？逢子说这是从外国弄来的，就他这么小的小孩，跑得到吗？逢子缠着不让单科走，权子看不惯了，权子拽着逢子，说逢子算了吧！不就几个豆子。逢子给权子递个眼色，意思不让权子问，就死皮赖脸、厚脸无耻、摇头晃脑的，身子贴着单科，说只要单科学学放屁，就不让单科赔豆子了。有人在一旁叽咕，说单科吃了逢子的金豆子，不长生不老，也延年百岁。也有人说，单科得恁大好处，不听逢子的话，还有啥好说的。周围全都是议论，单科地缝难钻。单科翻翻眼皮，心想反正就是反正，学就学吧，不学也不让走。单科一连“啊”两下，逢子终于露出满足的奸笑。

单科使逢子得到了满足，周围的人也寻了欢，那么，单科还走不走呢？走，但刚迈出两步，又回了回头，因为觉得应该非常安全了。

人群与自然社会，都有吸引人的地方，比如，一副新鲜图画，或者一种热闹场面，一定时候给人留下很深的印象。所以，当一些人或者一部分人看到或者进入那种场景，那种好的、快的、开心的、狂欢的、忘记自我的感受会将以往那种情景与现实连接起来，进而达到最大高峰的满足。单科只不过是个几岁孩子，地地道道薛家后代，在村里最有说话的权利，为何不想拥有这片槐树林子呢？单科尽管不能全部认识槐树林子里的每一个人，这里的笑、这里的乐、这里的风，单科熟悉。尽管逢子占据槐树林的大半个周围，还毕竟不是他家的林子。单科离逢子不远的地方站着，却不是为了吃豆子，是想看看，舍不得林子。逢子看见单科远远地站在一边，又跟了过去，皮笑肉不笑，吃着红薯。

就这么一个槐树林子，虽风平浪静，却似乎觉得令人恶心，带股子傲气、臊气、臭气和霸气。无非逢子一个人帆船激浪，硬把单科挂在一张耙齿上，血淋淋地拉着硬走。那么，逢子与单科有千年仇恨吗？没有。有解不开的疙瘩吗？也没有。是薛家欠了逢家永远偿还不完的债务吗？更不是。要不薛家祖宗把逢家的人撂进井水里？更是没有的事。逢子为什么与单科不共戴天呢？

“造蛋。”理发师傅正给相叔剃头，莫名其妙冲逢子一顿臭骂，说逢子他娘瞎养活逢子十几岁，逢家咋生这个王八蛋，问逢子他娘他从哪儿出来的？有娘生，没爹养的兔崽子！柏认这一顿臭骂，逢子哇都没有敢哇一声。“柏认，别再说了，相叔头被你割出血了。”这忽然一句话，柏认慌了手脚，原来相叔头上被割一道口子，鲜血直流。柏认一时手忙脚乱，连连耶耶，说这是咋弄的呀？朝爷舞弄着两手，左不是，右也不是，说好了好了，快去卫生室上药吧！相叔忍着痛，皱着眉头，说他哪辈子跟柏认结恁大仇哇，今儿挨柏认一刀。“造他娘，都是逢子的事，统着恁多人骂人家小孩，不嫌丢人。”柏认越说气不打一处来。柏认和相叔去大队卫生室。这时候逢子挨逢老二两句吵，逢子也偷偷溜了。逢子溜了，柏认又成了议论对象。有人说一个外村人，瞎操心；也有人说柏认吃多撑得没事干了。那么,柏认是谁呢？没事干为啥瞎操心呢？柏认去大队卫生室，路上对相叔说，说薛驰没少给无理查拉套，修桥铺路，扶持困难户，购粮买种，无理查咋就把人家忘了呢？柏认说他不是故意袒护单科，再说他和薛家也没啥关系，只是看不惯这事儿。柏认与薛家一无来，二无往，为什么大着胆子、统着逢家兄弟骂逢子地缝难钻呢？要说柏认，会理发，手艺好，承包三里五村理发，理发出了名，所以大人小孩都认识他。再细说，谁家堂屋哪儿露太阳，谁家厨房有多高，谁家院门朝哪开，谁家宅子栽几棵树，谁家孩子叫啥，甚至于说，柏认见摊屎就知道谁家孩子屙的，因为柏认是挨家挨户轮着吃。

四年前三月初四发生一件事。那年桃花雪下着，取瑞记得清。取瑞怀里孩子总放不下，甭说干活，就是吃饭也困难，恰巧那天柏认临到她家吃饭。柏认临取瑞家吃饭，这一天想把自己看成周武郑王的客人，吃顿消消停停的饭，得考虑考虑，或者有点困难。孩子哭闹不肯从取瑞身上下来，这可让柏认进退不是，所以柏认说取瑞，他说他来做饭。取瑞于心不忍，说来她家就是客人，咋能让柏认做饭呢？柏认做饭，毕竟不是自己家，说水缸好找，在锅台后边，盐不难找，在案板上，盐罐里，大粒大粒的，柴火也不难弄，扻篮子外边搓就是了。面在哪儿呢？洋火在哪儿呢？柏认问了这一样问那一样。柏认慌慌张张、忙得鼻子一把泪一把，终于把饭做出来了。但是，孩子还是一个劲儿地哭闹，又发烧，又吐又泻，取瑞也哭了。孩子有病，得治啊，这顿饭柏认吃不成了，二话没说，抱着孩子出了门，去大队卫生室了。卫生员治不了取瑞的孩子，就这样取瑞只能想办法去公社卫生院。从大队到公社十三四华里，只能靠步行，柏认心想，靠一个妇女抱着孩子看病，啥时候能走到啊？再说也让人放心不下。“取瑞，钱我帮不了，出把力气，这我还出得起，我就帮你帮到底吧！”柏认抱着孩子，他说他先走，让取瑞回家准备钱，快去撵他。取瑞感激不尽，说他的大恩大德昌家几辈子也报答不完！取瑞泪流满面，跪下去给柏认磕头。柏认一头钻进大雪里，直奔公社卫生院。

柏认无论临到谁家吃饭，总是把别人的家当成自己家，给主人烧火、做饭、看孩子，这样说并没有夸张。就说那些小事，凳子歪了，柏认扶起来；地上有碎玻璃、碎纸片，柏认捡起来；孩子怄气不吃饭，柏认哄一哄。柏认临到吃谁家的饭，谁家就多几分欢乐。所以说，在村子里，无论大人小孩，谁也没拿柏认当理发下等人看。

柏认回到槐树林子里，见了逢家兄弟，嘴还是不饶人，说他和逢家并没有过节，与薛家也没有亲戚，只是逢子太不像话了，说不定哪一天薛家又翻过身来，逢家又用得上薛家，又都屈身哈腰的，看起来当面顶呱呱是人物，背后让人家戳脊梁骨，到时候能不脸红？

眼下，薛驰无职无权又无力，地地道道阶下囚。然而，像薛驰这样的人中国有成千上万。曾经很多优秀的干部都在不同程度上忍受着屈辱、打击、报复和极不平等的待遇。他们处境非常危险，可是当他们受到排斥后，头脑是清醒的，只不过所做的一切都被抹杀了，被人们忘记了，多数人记得他们不好。如果逢家兄弟还能记得十年前发生的那场大火，一定会一代一代传下去，不能忘记薛驰的大恩大德，也一定不会把单科当成仇人，但是他们忘了。那天已经很晚，北风呼呼一直不停，逢冲和几个儿子为了多挣工分，干活还没有回家。妒妮正慌张着做晚饭。这时候，妒妮突然闻到一股烧着布料的味道，就放心不下。妒妮来到堂屋，吓得大叫，说她的娘耶，她的小逢子，她的小乖乖呀，小乖乖咋把棉花灼着了呀？妒妮把逢子掂到一边。朝大包棉花又扑又打又盖，结果呢，越扑打棉花包越着得更旺，瞬间，到处乱飞，火星四溅，很快蔓延到高粱箔上。妒妮吓坏了，就这么个农家小土房，葵花杆做的椽子，麦秸秆铺的房顶，要烧起来还不快呀，就那几分钟，房顶蹿出火来了。

薛家与逢家隔有一条五尺多宽南北小巷。薛家大门朝西，逢家大门朝南。逢家门前有一条东西走道，八九尺宽，往西走顶南北巷子；往东走迎面又有一条南北巷子。两条南北巷子都只不过五尺多宽。逢家人出了堂门往东，正好与薛家走在同一个巷子里。薛驰刚吃过晚饭，猛然院子里红光一片。“这来得有点不对劲呀？”薛驰思索片刻，说糟糕，大事不好，逢冲家失火了——失火了！薛驰感觉身上冷飕飕的，站在院子里往西瞅，果然逢家失火了。薛驰就往逢冲家跑，大喊，说逢冲家失火了！都出来救火呀！都救火呀！都！——出！——来！——救！——火！——呀！……

这么多年来，无论谁，无论谁在哪儿，从来就没有听到过这样的声音，撕心扯肺，如同瀑布在山涧倾泻，如同火山喷涌，声音悠长带着沉哑，冷清里发出颤抖。刹那间，逢冲家火苗往上蹿，黑咕隆咚，浓烟四处扩散，熏黑整个半空。薛驰已经爬上了逢冲家的屋顶。

村里人陆陆续续来了，有耿旺、严格正、美花、潘凤……整个院子里，来来往往到处都是奔跑的人，熙熙攘攘，火光四射，闪闪耀眼。房子上有人在喊，叫朝爷，先把麦秸扒掉，说别和西边连一块。朝爷听见是薛驰在喊，赶快扒掉脚下的麦秸。薛驰话音刚落，予四就沿着前墙，一边往西走，一边扑打着蹿出来的火苗，说薛驰，不中了不中了，这地方又着了，快点不中了、不中了。薛驰一边指挥一边顺着后墙也往西沿，说，扒、扒，往一边扒，千万别烧着檩子，把麦秸扒梁底下去。“朝爷，朝爷啊朝爷，你帽子着了，你帽子着了。”严格正拼命喊叫，说朝爷帽子着火了。朝爷猛劲把帽子撕掉，说着火了？娘的蛋，叫它着，一边着去吧！

不仅仅是朝爷帽子着火，薛驰正扑打着鞋子，昌于脚被钉子扎了，相叔的袖子好一阵子才捏灭，潘凤手被桶割了个大口子。“水，快把水递过来。”老罗发疯似的大嚷大叫。水桶、水桶，快点把水桶递过来，严格正挥舞着两手，说快、快快快，从这边递，这边这边，对对。相叔一边喊，一边往下扔水桶，说看好了，人有眼，物件可没眼啊！接好啊！接好……水桶被摔破了，崭新的脸盆摔扁了，至于那些救火的人成了什么样子，大家都心里明白。嘿！火算扑灭了，好歹说还是有成绩的。

逢家失火，村里的人折腾了大半夜。薛驰为了给逢家救火，脚也被扎了，但村里老少爷们并不知道。薛驰伤了脚，没办法骑自行车上班，再说，从无理查到县城四五十华里，即使走着去，驴年马月是时候啊！再说，就薛驰那脚能走路吗？所以逢家失火，薛驰再回不了县公安局了，不得不延误上班时间。

薛驰从给逢家救火延误工作开始，日子不好过了，已经给他自己打下了霉底。几天之后，县委县政府就薛驰延误工作揪住不放，被调任去了公社工商税务所。

工商税务是得罪人的行业，不是好差事。公社门前是一条大街，街很长，每天天不亮就聚集西南东北赶早集的人，吆五喝六、高腔怪调。这么一条长街足可以算集贸市场了。虽算得集贸市场，有史以来却没有哪个干部当个事，出面管管，更别说征税要钱。薛驰上任把火烧起来了。薛驰这个不是科班出身的工商官，能把公社门前这条街翻弄个什么样子，谁心里都没有谱。

收钱，这是薛驰要做的第一件事。因为“工商”“税务”在薛驰脑海里好像就意味着收钱。有一天一大早，薛驰就来到集贸市场，薛驰问一个卖萝卜的菜农，问他一个早集能卖多少钱？那个卖萝卜的菜农说，一个早晨能卖一两块钱，也没一定，也可能多点，也可能少点。薛驰听卖萝卜的菜农说一早晨能卖一两块钱，薛驰就张口给那个菜农要两毛钱市场管理费！这时候菜农不乐意了，说：“两毛钱？我的老天爷呀，到现在我还没卖一分钱呢！”薛驰就问他，说他刚才说不是一早集卖几块钱？现在集就要散了，怎么这会儿两毛钱就拿不出来了？薛驰又来到一个卖粉条的跟前，让那个卖粉条的拿一块钱。那个卖粉条的狡辩说，说粉条才八毛钱一斤，说薛驰一张嘴就跟他要走一斤粉条价钱，他去哪儿弄恁些钱啊？薛驰听卖粉条的胡搅蛮缠，张口就给他涨价，说一块二。卖粉条的害怕了，说他给、他给，好了好了！他给他给，赶快从腰里掏出一元钱给薛驰。公社门前一条街被薛驰整整搅弄两个月。两个月下来，薛驰可出了大名了，方圆十几里，那些小商小贩只要听说薛驰，甭提多害怕了。薛驰成了彻头彻尾的官混混。薛驰彻底玩完了，小商小贩恨死他了，完了、完了完了，公社那些官拍着屁股叫好。

县委县政府这招够绝吧，给薛驰把了脉、开了方、抓了药——薛驰你死去吧！那些当官的也恨死薛驰了。

公安局薛驰待不下去了，工商官干不了了，薛驰的脑子是不是进水了，怎么什么都干不长？公社那些官再不把他放眼里了。

公社党委会上，党委书记点名让薛驰下乡，说干部下乡包村包片，问薛驰愿意到哪村？薛驰直截了当，说他是党员，服从组织的决定，服从公社党委的决定。党委书记说就知道薛驰不会挑三拣四，像薛驰这样的同志，党性恁强，恁有工作能力，恁有魄力，既敢想又敢干，少啊！薛驰服从公社党委分配，所以哪儿也不让薛驰去，就让薛驰回自己的村子，回无理查包村。党委副书记说。当然，既然是党委副书记这么说了，毕竟是党委政府的决定。

在自家门口当官，真是耀武扬威到家了，干就干吧。就薛驰那脾气，在自家门口要能把官做好，真是活见鬼了，不少人都这么认为。

有一年，夏收没结束，薛驰就召开群众会，说人活着就得吃饭，只要有吃的，就不会饿死，手中有粮心不慌，现在群众手中没有粮，咋办呢？得想尽一切办法弄吃的，只要有吃的，心里就不慌了，种萝卜，这是填饱肚子最好的办法。薛驰胆大，那一年竟敢瞒着公社，种上百亩地红萝卜。萝卜种上了，接下来麻烦事也呼啦不掉了。公社听说薛驰在无理查偷偷种百亩红萝卜，党委书记气坏了，说薛驰简直无法无天，非得好好治治薛驰不中！党委书记并且说，马上把薛驰弄到公社，说这个薛驰，无视党的组织纪律，竟敢自作主张，影响极坏，让他在党委会上做检讨。

薛驰错了？薛驰不这么想，如果种红萝卜有错，薛驰还能让群众种萝卜吗？

党委会上，薛驰说他不知道错在哪儿。他不服从党委这个决定。大大小小官员几十口人，都针对薛驰一个人来，薛驰能服气吗？薛驰说种红萝卜是为了让老百姓吃饭填饱肚子，老百姓有东西吃才不会饿死。但党委书记并不这么认为，说要是按公社指示办，老百姓会吃得更饱。薛驰以牙还牙，辩解问，全公社饿死几百口人，这里面没有干部家属吧？问党委书记为啥不敢把死者名单报到省里？党委会不久，薛驰又被降一级，成了无理查的生产队长。看看薛驰现在这个样子，大概也就知道官不好当啊！党委有些官员私下议论，要说薛驰和党委谁对谁错？很明显，谁是官谁对，谁官大谁对。薛驰官那么小，比公社干部有本事，并且把本事表现出来，似乎不合情理。往深处想想，书记没有生产队长有本事，那他的脸朝哪搁，在老百姓心目中还有啥形象可言哩！

公社党委无论哪一个人都不会站出来说薛驰对，否则就得给薛驰树立标榜，将他的好事汇报到县里和省里。本来薛驰就不算人物，党委政府不会拿薛驰当好典型，所以只能把薛驰这块金子扔到石头堆里，把他埋没起来，这样一来，薛驰倒霉也就在所难免了。总而言之，领导不叫谁有本事，谁就别硬出风头，硬显本事，否则只能给自己带来麻烦。尽管薛驰不是为了图名图利，总还是把本事显示出来了，所以才不招政府满意。

在这世道里，一个人发不发挥本事，不是说有没有本事，而是看该不该发挥，上面叫不叫他发挥，有些本事不该发挥，硬发挥，会给他带来一场一场灾难。薛驰就是这样一个人，不管三七二十一，不管天皇老子亲叔二大爷，只要认为对，对老百姓有益，他就敢干。可是呢，有相当一些干部，他们没有本事，却又常常在背后叽咕别人，生怕别人超过他们，极力反对别人。也不知道薛家的老祖宗咋就偏偏生下个薛驰，让他有用不完的本事。话又说回来，人家做官显示本事：喜事连连，官运亨通，要风得风，要雨有雨。薛驰算啥，节节败退，弄得自己一层一层灾难不说，还把家里折腾得不太平，想想看，薛驰日子不好过，他的那些孩子能顺心吗？

单科开始孤独了，上学放学总是孤单单一个人，即使在村子里也常常受其他孩子的羞辱。

薛驰一根筋，尽管遭受各方面打击，仍然一心扑在工作上，从来不过问家里的事，更别说把单科放心上了。

薛家吃饭要比村里其他人家晚，所以单科上学时间也只能推迟，这样一来单科几乎天天迟到，也几乎天天被罚站，时间长了传到薛驰耳朵里，薛驰能会罢休？有一天薛驰找到学校。问校领导怎么回事。校长三分瞧不起薛驰，说是学校明文规定，学生迟到五分钟不能进教室，这个规定也不是针对哪一个学生。是啊！没有规矩不成方圆，学校规定是对全校来的。可是薛驰不吃校长那一套，薛驰辩解说，说学生迟到五分钟就不让进教室，迟到十分钟是不是就该挨枪子儿了？薛驰说看看他们这些教书的，有一天迟不迟到，还进不进学校？

那些教师，穿得干里干净、细皮嫩肉的，三分瞧不上薛驰，说别看他是队长，学校也不能因为是他的儿子坏学校这个规定。薛驰一听校长话里有话，当即就问校长，说他是队长咋嘞，队长照样是官，他现在要是在公社工作，校长也不敢跟他这样说话，否则他这个校长得掂量掂量。

薛驰去趟学校不当紧，单科日子好过了，在学校成了唯一的自由人，课堂上听不听讲课，老师不过问了；交不交作业，学生不找他收，老师也不管了；背不背课文，往老师跟前一站就算会了。薛驰闹学校，学校告到公社，告到县委县政府。县委书记直接插手过问此事，说一个小小的生产队长竟敢闹学校，反天了。

还是俗话说得好哇，人怕倒霉马怕掉膘。薛驰也不想一想自个儿在哪步田地，这天底下哪还有他薛驰弹的杏核。就这么说吧，只要薛驰说出来的话，甭管对错，一概就是错。薛驰哪怕扭扭身子，脚跟也是歪的，在薛驰的生活词典里再也来不得半点出错的事了。

党委书记恼羞成怒，前仇未了，又要结后怨，说这个薛驰，是不是属猴子的？干脆让他养马算了！公社党委、毁才县县委政府、公安局给薛驰来个新账旧账一起算，薛驰进了无理查村的马棚，成了一个地地道道的养马官、饲养员。

“薛驰，咱胳膊可拧不过大腿呀！孩子，不服气不中啊！”严山劝薛驰。薛驰落到这步田地，逢家人特别高兴，说薛驰彻底没官了，也没权了，再不耀武扬威了。强家的人也拍着屁股叫好，说薛驰再逞逞能养马也养不好，也不称称自己几斤几两，闹学校！昌于说薛驰，不能不说薛驰有本事，只是薛驰那本事被他的脾气杀掉了，说薛驰原来管理过几万人，到后来几千几百人，算不上很大的官，官也不能算小啊！现在呢，啥也没有了，脾气啊！脾气害死人。无理查的人谁也没有想到，养马成了薛驰命中归宿。众敬给薛驰总结，说薛驰，拿老百姓来比，老百姓就是一瓶一瓶白酒，各人的心装各人肚子里，谁都帮不了谁，薛驰为啥贴心贴肺给老百姓办事，为老百姓着想？薛驰就如同搂着抱着一瓶一瓶白酒，高兴的时候就喝两口，喝少了招小灾，喝多了招大灾，表面上看薛驰能说会道，多么多么为人，事实上根本就不是那么回事，薛驰根本就不了解那些白酒，哪一瓶烈、哪一瓶温，一旦事情出来了，小报告接二连三打上去了，这时候薛驰才醒，可是已经晚了。

人言常说，朝里有人好做官，没谁给薛驰扛，做了好事，没有哪个当官的给薛驰造册上报，薛驰一旦出问题了，上级就一笔一画给他记下来了。当干部不可能总风调雨顺，不可能一辈子高高在上，一辈子官运亨通，总得有倒霉那一天，县里、公社，凡是薛驰待过的单位，早就设好了套，布好了鸿门宴，薛驰再想不倒霉、那才真叫活见鬼哩！有一年挖“青龙河”，国家提倡以粮为纲、粮棉过江，地里不长庄稼，囤里窖不住粮食。人阴死阳活瘦得皮包骨头露青筋，肚子填不饱，还能过长江吗？秃子头上的虱子明摆着，当官的又不是瞎眼了，谁来考虑这些问题？解决这些问题？事儿谁来做？当然，考虑、解决、做事都应该是当官的。青龙河没挖几天，毁才县数万计民工，在短短十几天里就死伤几百人：饿死、累死，头都饿晕了，哪有力气干活啊！不能不说薛驰是干家。薛驰足足领有千把号人，严格正说挖青龙河之前，薛驰就在管辖的区域内动员群众种红薯。青龙河挖结束了，薛驰领导的人没有饿死。可是，有些人心歪，青龙河结束以后，有人竟然偷着向县里打薛驰的小报告，说薛驰私自做主偷栽一百多亩红薯。老罗说人心隔肚皮，虎心隔毛衣，有些人为啥不说薛驰偷栽红薯让民工吃，挖青龙河没饿死人呀？没谁站出来说公道话，说薛驰做得对呀。相叔说他看啥都不是，背后说坏话的人是当时保住了小命，没有饿死心里憋得慌。

薛驰是功大还是过大呢？应该是功大。即使薛驰功再大，县委县政府也不会给他记功。但薛驰这个功劳要是在那些当官的身上，结论就不一样了。爱拍马屁的，爱上爬的，他们的功永远都大于过，只是亏了那些彻头彻尾的实干家。

毁才县是一个权力纷争的县，不知有多少人为了权力而不择手段，不惜一切代价、不怕留下千古骂名。为了做官舍弃子女，为了做官不要亲朋，为了做官抛弃爹娘，为了做官暗算别人。只要毁才县的干部还算得上是干部，只要毁才县还有一点人情味，只要毁才县的干部不是猪脑子，都应该好好想一想。毁才县挖青龙河死多少人？薛驰的民工干了多少活？薛驰不是想逞英雄，也不是想载入什么史册，他就是不想看到自己队伍里有人死。然而，薛驰得到的还是报应，说薛驰不按照上级指示精神办，偷偷种红薯。

仇和恨建立在事物对立之中。假如一个人没有仇恨，那么也就意味着生活中没有烦恼；假如没有喜悦，也就意味着生活中没有色彩。一个人随喜怒哀乐会转变自己的生活方式。有些人只顾自己快乐不顾惜他人悲伤；有些人为了达到目的，毁掉别人一生。生活中，有相当一些人不估计自己能力大小，习惯从别人骨头里挑刺，总在高估自己，以为他们有顶天立地的本事，看不起别人得来的成绩，自己又干不来，总是马后炮，秋后好种田的发恨心理；有些人喜欢阳奉阴违，喜欢做官，两只贼一般的眼睛，天天盯着上头，围着比他大的官，在阴暗角落里，右手拿着纸，左手打着招呼，偷偷地、小声地叫着爷爷，说他去擦屁股；有些人做官，官从哪里来的？是闻足了臭气，臭气熏出来的；有些人做官，是凭老祖宗传下来的，老爹老娘官场上贪污足够了钱，买来的。

毁才县县委政府那些人，天天蹲办公室不出来，等着下边小报告，等着拍马屁的人，因为他们做官害怕出头露面，其实还是缺乏才能，不敢到乡下去，所以也就不管什么人才啦！成绩啦！最关心自己的亲属，亲叔二大爷，姨兄姨弟，堂兄堂弟。一人做官，鸡犬升天，毁才县是最典型的县级窝里亲单位，最不重视人才的县级单位，强老大就是代表性的人物。强老大做无理查村队长，是县委政府和公社党委的意见，结论绝对不是偶然的，是县委政府一手策划出来的。

薛驰养马是必然结果，也是公社党委和县委政府给他的结果。党委书记说薛驰的儿子因屡次迟到被罚站，这是学校治学的一种措施。薛驰说话不留余地与学校领导发生口角，这种事情近年来很少发生，应该严肃处理。公社党委副书记，说因老迪奶奶偷红薯，薛驰与严格正大吵，在群众中影响相当坏，不能看作一件小事，应该处分薛驰。县委书记说大雨来之前，田地里麦子没有及时运回麦场被雨淋，薛驰明明知道要下雨，还坚持拉麦，这不是小事，是思想问题。县委副书记说这些年，虽说薛驰为老百姓做点好事，说薛驰也太高傲自满、目中无人，好擅自主张，没有组织纪律性，没有党性。

薛驰官不官、民不民，做官到这份上还能引起县和公社“高度”评价，不能不说薛驰是个人物。大大小小的事，凡是与薛驰有关，都被毁才县县委政府那些坐破板凳的官知道了，评价了，薛驰的成绩全部被否定了。

强老大当了队长，无理查不可能风平浪静，因为毕竟几百口人的村子。无理查的百姓对强老大能不能当好队长产生怀疑，议论不小，说当干部不是儿戏，当好了是好官，当不好不光是社员大仇人，几百条人命在手里攥着。朝爷第一个担心。逢老二说，当官不能光靠嘴皮子功夫，也不是说光靠和上级搞好关系。耿旺当了多年的生产队干部，他说不是说光给当官的搞好关系地里就能长庄稼，关系是关系不饱的。但强水自有他的道理，说既然县和公社让他大儿子当队长，他大儿子就有当队长的本事。强水说让薛驰退下来，薛驰就有问题。说薛驰当官，这几年出那么多事，县和公社不都指出来了吗？说薛驰工作不行，方法不得当，水平有限，组织能力欠缺，就算薛驰再干下去，也不会得到公社好感了。严山的看法，说村里几百口人，不是说非得把无理查与薛驰联系起来，离开薛驰无理查并不是就没有活路了，只是说除了强老大还有没有人能胜任队长？县和公社两级政府应该本着对无理查负责的态度来指认队长，但是他们偏偏都不为这里的村民着想。罗志说叫强老大当队长，就他那工作作风，骑毛驴看账本——走着瞧吧！

该强老大倒霉，从他当队长到现在，一连三个月了，老天爷硬一个劲儿熬着，一块云彩也不给，更别说下雨了，麦苗儿黄不棱登抽筋似的，就是不长。有人说强老大不担心这些，而更多的人说强老大，说强老大不害怕、不担心，那还能有谁担心害怕？可别忘了强老大是队长，他管着几百口人吃饭。严格正说薛驰当队长是看土地过日子，地里还没收就想着下茬，种啥？咋种？去哪儿买种？强老大懂个球，他知道啥？相叔说要是搁过去，就这操心不落好的事，强老大才懒得瞅哩，别说管，现在可不是那样了，强老大当队长了，不是平头百姓那会儿，遇事该掂量掂量了。天上飞只鸟，地上爬只蚂蚁，天阴了，出太阳了，下雨了，下雪了，强老大该喜的时候喜，该犯愁的时候喜不起来，天气照这样晴下去，到时候别说收麦子，麦苗晒也晒焦，耿旺说，说强老大准备带无理查几百口人逃荒要饭吧！

一晃又十几天，村里人真发愁了、急了。强水催儿子，一个劲儿说让他浇地、浇地，说开开群众会，说说，商量商量，想想办法，说现在浇还能打几个籽，再晚了就白种了。强老大咋不想浇啊，为这事眼看急疯了，快愁出病了，说："爹，我不是不想浇啊，几百亩，几百亩啊，几百亩地都用坛坛罐罐、木桶水盆浇？干月儿四十，弄到驴年马月，地才能浇一遍？再说，你又不是不知道咱村，万一把他们累着了，还不得把咱强家老坟骨头架子骂出来呀！再等等，再等几天再说。"就凭强老大这想法，可是九九加一精明，不浇地大家都不吃，最多被别人骂，浇地累个好歹出来，麻烦事可就大了，不能不说强老大想法在理呀！强老大五尺多汉子，就为浇地这事，往日那种挺胸抬头、趾高气扬派头完全没有了，天天有气无力瞅着云彩。强老大六神无主，白天低着头，怕没脸见人，晚上看天空。有一天擦黑，强老大依旧没精打采坐在院子里。这一晚老头子强水说话了，说强子啊，人家都说浇，浇就浇浇呗，浇多少算多少呗。"浇、浇、我浇，我浇个屁，麦子浇不完我这队长就玩完了，老祖坟就没有了。"强老大气急败坏。

方圆几个村庄都抗旱浇麦，就无理查稳塔一般。

下雨了，下雨了。啪嗒啪嗒几下，强老大正吃着午饭，忽然，天上掉下来几滴雨。强老大在院子里大喊大叫，说下了，真下了，说他奶奶的，终于下雨了，说他娘的，叫他们浇、浇，一个一个，浇个屁，下了，它真下了。逢老二站出来喝彩，不是为老天爷叫好，是为强老大，说这一回强老大硬着了，就该有他一地官做，不动一枪一刀，老天爷浇了大半天。这下可好了，虽说雨不大，麦苗都喝得饱盈盈的。强老大官做得更踏实了。

每年夏天，村里的人就在自己田里薅青草，把薅来的青草倒生产队大粪坑进行沤，为秋后犁地加肥打下基础。这些年无论谁当队长，已经形成规律了。年年做，时间长了，村里的人就有了经验：除野草，薅田草，沤青草，入田地一条龙式农田劳动，这么做目的为了使明年小麦有好收成。强老大当队长，那种一条龙式农田劳动改变了，把薅青草挣工分看得非常重要。不管哪儿弄来的青草，都发工分，强老大说按薅草多少给工分。要说薅草，无理查的人谁不会呀？缺花说谁能不会薅草？哪儿草多上哪儿薅！“哪儿草多啊？坟场，河坡。”天霞说。取瑞也那么说，说地里热死人，哪儿凉快去哪儿薅。队长要草，见草给工分，权子说上哪儿找这好事啊？哪儿凉快去哪儿，哪儿有草去哪儿，天霞说给不给工分也没谁去热死人的地方薅。

这几天，无理查的人发疯似的，一个一个像被炮弹炸了出去：小路两侧、地头坟场、河滩洼地，老老少少、大篮小篮，有人竟然跑到几里外薅草。大粪坑倒满了，周围又堆积如山。没过几天，强老大去地里一转悠，开始挠头了，说这就怪了，地里草越薅咋越多哩？强老大心想，说这不中，没有动员薅草，草多，这属正常，薅罢了还恁些草？这怎么行，强老大说现在这些人会给他玩点子了，强老大眉头一皱，计上心来，说按地块划分计工分，看谁能过谁。

一人难抵二人智，无理查还是有人想出对付强老大的方子来了。有人把草多的地方用手抓抓，用脚踩踩，这样对付强老大，因为原来薅一篮子草能挣一分，现在薅两篮子草还不能挣一分，至于秋后收成咋样，无理查的人也就不去考虑了。这样一来，问题也就出来了，几百亩地薅三四天，按说应该大坑满小坑流，青草堆积如山才对，可是，不仅不见大粪坑有草，周围再也不堆积如山了，地里草还是疯长，强老大这才傻了脸。有天下午后晌，刚收工，强老大突然袭击开群众会，这可是无理查有史以来第一次收工后开会。

逢老二蹲在棵槐树下，烦不拉叽，小声叽咕发牢骚，说大长一天，咋要天黑开群众会？逢老二说话，强老大听没听见，大概应该没有听见，所以强老大只管开他的会，说大家伙随便选地方，站着也中，蹲着也中，坐着也管。强老大那副形态让相叔咧了嘴，相叔说看强老大哪像官？瞪着眼，民不民，洋不洋的带副酸相。逢老二瞅瞅周围，扶着槐树慢慢又站起来了，因为开会的人暂时还没有谁坐着。

强老大从腰里掏出小本本，在空中摇晃了摇晃，说有不少人向他反映，原来他也不相信，结果他去地里转悠了转悠，说问题不小。强老大说东地有，西地非常多，南地、北地都有，接下来他就没法说了……“啥事呀藏一半掖一半？神一阵子鬼一阵子，还真当人参吆喝哩。”予平杰炸炮似的喊一声，说强老大布袋里买猫，做不完的样子。相红也发不完的神经，高腔怪调，半开玩笑接予平杰的话，咋呼一句，说谷子、玉米、大豆……驴头安到马嘴上，至于什么意思，只有相红自己知道了。相红话音刚落，严山脾气也上来了，说就他能。其实严山并不知道身后就是相红，要不然也不会没轻没重戳一句。但相红并没有太在意，况且脸上还露出几丝笑容。

甭看予平杰和相红随便一说，却揭开了村里人的话匣子，会场上嚷嚷开了，都前言不搭后语。不过强老大喜得不了，嘿嘿暗暗冷笑，说议论议论是好事。至于这么闹腾能好到哪儿，强老大自有妙计。不一会儿，朝爷等不及，问强老大，说队长，到底啥事啊？说看看这天，眼看就黑了，就别卖关子了，有啥事就说呗。强老大露一丝微笑，说说就说说吧，他就当回闺女走趟娘家，他就有啥拿啥直来直去了。从表面上看强老大像能驮载的货车，可是就才装那么一丁点儿，屁股后头就冒黑烟了，光耗油不动弹。强老大说他把事点出来，问题出在谁身上也别生气，没有点到谁也别高兴。强老大在薅草问题上慎重了又慎重啊！就是抱着葫芦不开瓢，绕来绕去，绕过来又绕过去，就不提薅草的事，让那些老少爷们儿实在等得乏了，连星星一眨一眨也困了。严格正干了半辈子副队长，头一回碰见这不吐不咽的事，叽咕说这哪像开会，简直是捉迷藏，男男女女干一下午活，熬得日头也没了，就算薅草有问题，肚子早就空了。

强老大婆婆妈妈一阵子，就不入正题，一直没完没了地啰里啰唆、瞎扯。当然那些妇女也少不了牢骚满腹。有人说这哪是开会，男人拉拉呱呱，东一榔头西一斧子，把她们妇女夹中间？有人说不收不种闲着没事干，开啥会呀？也有人说不知道强老大想啥歪主意，葫芦里装的白水还是白酒？肖盂没有听出来谁说的白水还是白酒，但知道是说强老大坏话。肖盂头没有动，就插了一句，说不是把哪个傻家伙喝得张嘴白瞪眼，就是把哪个二蛋灌得醉得一塌糊涂。

强老大很少开群众会，在他看来，只要开会就有事，凡事就有人做出来，凡做出来不是好就是歹。所以只要开会，不是表扬就是批评，表扬谁谁高兴，不表扬谁谁恼，被表扬过的人时间一长会忘记先前给他的好处，若是先前挨过批那些人，就会记半辈子仇，恼一辈子，因为强老大经常想这些事，才轻易不开会。今儿强老大选择了最好时机，非开不可，并且不打算得罪任何人，还得让村里所有人服气。所以，村里的人嚷嚷，强老大最高兴，说议论吧！议论越厉害，调子越高，问题才出来越快，他才不至于动一枪一刀，说薛驰当干部就是缺乏这方面经验，爱一个人出头露面，到头来人不人、鬼不鬼臭一圈，栽大跟斗。村里的人火气都上来了，强老大却装疯卖傻愣那儿了。

逢冲是一块老姜，一直瞅着强老大，琢磨强老大讲这些话，暗想，说强老大不用能，他这一回又没能到点子上，太离谱了。逢冲往人多的地方走几步，安排群众，说大家安静了，天也黑了，队长还有话讲，都先少议论几句。逢冲话刚一落，会场上静了，大家伙似乎在等逢冲说话。逢冲转过脸，对着强老大，说有啥事就让他安排吧！逢冲还微笑着，显得对强老大很有礼貌。强老大笑着看逢冲，但不能不说话，就说，其实啊他真不想把名字说出来，只是希望群众今后干活认真起来，拿生产队当成自家活干，大家心都往一处使，就不出问题了，说副队长关心生产队工作，他特别高兴，既然副队长和群众都想把事情挑明，他就不遮遮掩掩了。强老大话里有话，相红听得出来，说强老大狗嘴里吐不出象牙。相红这句话身边的那些人都听见了，都把目光聚到了相红身上。

要说相红，以前歪着门效法强老大，即使强老大放个屁，相红也在后头捧着，强老大说一，相红不说二，时间一长，村里的人都知道相红是拍马屁的坑人精。这一后来，渐渐和相红接触的人越来越少，和相红拉呱的人也越来越少。相红拖着碎步来到朝爷跟前，说又有人该倒霉了。这句话可能是提醒朝爷，但话又说回来，无论怎样，在无理查是没有谁敢怎么着朝爷。朝爷扭了扭头，仍然扎着听强老大讲话的架势，似乎并没有把相红的话当成一回事。相红在会场上最不自在，大家也都看得出来。相红越是说强老大不好，朝爷越不搭理相红。朝爷这么大年纪，啥不懂啊，心里衡量，说相红吃过强老大亏，过去相红偷强老大的枣子不成挨过打，弄得丢了小弟弟，也怪，碰见相叔认命，认为相家本来就几辈单传，老坟地没有多子多福那个相。不知道强老大用了啥招，身上又有啥魔力，硬把相红玩得滴溜溜转，朝爷说真让人好笑。

过去，相叔任生产队仓库保管员，有人说老婆潘凤偷扒生产队红薯。强老六听说以后，好像得个大胖小子，赶快把这事跟强老大说。强老大是出水泥鳅，不像强老六实在，不把潘凤偷红薯直接对薛驰说，怕薛驰不相信，就编圈捏弯对副队长严格正说。后来薛驰召开群众会，点名批评潘凤。相红可恼坏严格正了，又恨透薛驰。相红上强老大的套，一头撞到南墙上弯也不拐。薛驰下台，严格正也不干了，强老大如愿以偿。尽管强老六处心积虑，强老大还是没有让强老六当生产队仓库保管员，这样一来，相红也成了小庙的麦秸。现在相红里外不是人，也没有靠山了，谁再也不把他放在眼里，先前那些事，包括他娘偷红薯都是假的，是强老六想当生产队保管员故意瞎编乱造的。

会场上尽管安静得很，但强老大并没有马上讲话。即使强老大再怎么沉默，丑媳妇总得见公婆吧！大概又过五六分钟，他终于沉不住气了，说天也快黑了，大家也议论得差不多了，说刚才副队长也说了，让他讲出来，朝爷啦、相红啦还有几个人可关心生产队工作，都赞成让他说出来，把名字点出来，那好吧，他就念给大家听听。强老大翻弄着手里的那个小本本。相红瞟了瞟周围，说强老大狐狸尾巴终于露头了，把他那壶提出来了，相红说强老大提出来的那壶既不是白开水，也不是白酒，是地地道道的白水兑白酒。相红在下边嚷嚷，目的是无论如何表现得让周围的人信任他相红。强老大发他的言，说南地红秫秫靠土井北边那方地；西北地挨河那块；东地两块：一块三岔路夹口，一块与辛村顶横地，这些地块草都很多，强老大说他先拿个意见，散了会队委会再讨论讨论，明儿上午吃饭前薅完，大概就这几家，他本上有，说有潘凤，有妒妮、肖孟，还有一户先不点名。强老大话音刚落，相红倔驴似的就摽上了劲，说："队长，俺娘那块草没薅净，决婶那块草用脚踩倒的。"强老大这壶白水兑白酒，一下被相红打翻了。村里的人又掀起一场风波，弄得强老大地缝难钻。"咋，别再开会研究了吧，秃子头上虱子不明摆着吗？丁是丁、卯是卯，和尚不能充道士。"昌于声音特别大，压住会场所有的说话声。取瑞也跟着发牢骚，说研究、研究，研究啥呀？还不是他一个人说了算。群众七嘴八舌一搅和，都议论开了。明儿到地里看看不啥都清楚了，有人这么一咋呼，算说到点子上了。当然也有人说评评、对照对照不就见高低了。也有人说话蛮有理，说一个小鸡长两爪，挠来挠去不差啥。有人直肠子，说不就是走走过场，鸡蛋里挑骨头，没啥意思。

其实，事物本来就相对而言，没有完美无缺的好，也没有绝顶的坏，多数人赞同不一定都好或对，被人否认，反对的不一定都错或者坏。群众都故意起哄，叽叽喳喳一阵子之后，一个没有被弄出所以然的会，就这样散了，一个一个走出槐树林子。

不知啥时候朝爷蹲着那儿了，背靠槐树抽闷烟，恍恍惚惚瞅那些离开的人，数数似的，眼眨都不眨，先是秀仙、天霞、圆琴，接下来世长、强老六，只是相红一边站着，让朝爷三分瞧不起他。

大粪坑和槐树林子周围那些人都走得差不多了。嚷嚷声越来越小，说长道短的也不多了，至于返不返工薅草，那是明儿要办的事，今儿总得该咋着咋着吧！几个妇女走着说着指着，说看看，看看人家一个小孩子家在那儿等着领工分哩！那个小孩子是单科，薅半小圆篮青草，双手按篮系子，一直趴在那儿，等着发工分。强老大也走了，低着头，像刚被批斗过。强老大一走，恐怕单科再想领到工分就难了。强老大走了，其实他有他的想法，他是不想照薛驰的路子走。强老大说薛驰这个人死脑筋，说薛驰迎人群上，跌倒在人群里；说薛驰迎矛盾上，弄得到处矛盾重重；迎困难上，步步带来困难，把自己身子摔坏了，头摔破了，还把这当成理所应当，屁吧！强老大说，当官只要自己不吃亏，那才叫好！

潘凤、肖盂和妒妮被强老大点了名，别提她们心里多别扭了。

相红见单科一直趴着，就气冲冲地来到单科跟前，说单科还不如扤着草回家喂羊，就扯着单科，说让单科走，就是再等也没谁给他发工分，说单科就不会看看，看看都是些啥人，说让单科回家吧！

潘凤、妒妮和肖盂没有走，只是生气。生气也说得过去，就是很气、气疯、发狂，又咋着，事情依旧这份上了，嫁出去的闺女，泼出去的水，又有啥办法。相红小声对他娘，说强老大软的欺硬的怕，这一回强老大是复仇。潘凤猛一听相红说强老大是复仇，有点纳闷，还吃惊，问他强老大有啥仇复？复啥仇？说谁又没有抓住他孩子搦死撂井里。相红同着妒妮说强老大，潘凤觉得有点不太谨慎，妒妮毕竟是副队长逢冲的老婆。相红一句话倒提醒了肖盂。肖盂说是福不是祸，是祸躲不过，她说她命薄，是块泥，谁想咋捏就咋捏呗！妒妮听肖盂话里有话，急忙跟上去。妒妮撵上肖孟，并且还甜甜地叫一声，叫着肖孟的名字，说她咋走恁快。肖孟听到妒妮叫她，就站住了，心里想冤家宜解不宜结，赶忙回答说天就黑了，不就等着回家吗！“看俺男人是个官，算个人，都一年到头了，出恁多事，哪一回都不知道，哪一回都是当垫子使。”妒妮说给肖孟听，还带着一副委屈的样子。原来，妒妮也有一本难念的经啊！肖孟听出来了，也看出来了，妒妮说的是心里话，因为生气、失望、痛苦。潘风、肖孟和妒妮并不是一条道上的人，今儿能在一个台子上唱戏，只能说这是缘分。

毕竟逢冲和强老大在一块共事，潘风还是要注意点说话的分寸，所以潘风说强老大也不算坏，潘风说就说扶犁子这事，强老大说是把事告到公社，不是没有告吗？一直到现在强家不是没谁提过这事？这一回不就薅草，再说，不就会上点了名？乡里乡亲，低头不见抬头见的，其实也没有啥，潘风说她那块地草就是没薅净。

不知从哪朝哪代起，看女人就那么不值钱，说女人头发长见识短，真把大脚男人赶到厨房烧火做饭，似乎不太体面。让女人陪客大碗大碗喝酒，又似乎不尽人意。男人该干的事男人干，该女人干的事女人干，这似乎才合常理。让男人长大乳房，怀孕生孩子、坐月子，这不是似乎不似乎的事，男人就不叫男人，或者“难为人”了。肖孟说这几年换了好几茬队长，要说真给老百姓办事的，还是数人家薛驰。肖孟这种说法、见识，可不是头发长见识短能见识得到的。肖孟说薛驰，自然是将心比心，这样一来，妒妮才不得不把自己的男人保护起来，说当个副队长咋哩，看起来是官，实际上是牲口，人家往哪使，他往哪拐，她男人才干几天官，看瘦那样，猴子似的，妒妮说她早就不想让他当那个狗屁破副队长了，只是他爹害怕，说个不干好出口，又怕万一弄得下不来，上又上不去悬半空，比薛驰还狼狈就惨了。那么，妒妮为什么一直在肖盂和潘凤面前表白她自己呢？大概也无非为了以后保全全家吧！万一后来逢家再发生小灾小难，也好少两家冤家。妒妮看了看，说潘凤薅那块地草干不干净她搭不上言，她只是对住自己男人做这个官，要因为她地里草没薅净被人家戳脊梁骨，说三道四，她以后还咋抬头？强老大想咋点她名咋点。其实决决就没有薅草，只是把草踩倒了，决决那块地和她挨边。潘凤一听，说决决踩倒了，并没有薅草，心头猛然一惊，说怪不得强老大死活就不提去地里转转、评评，潘凤说她就没见决决扤过篮子，更别说往大粪坑倒草了。“娘，你真糊涂，强老大那两把刷子我早就领教了，到明儿你仨就硬说去地里看看，这样强老大就没招了。”相红看着母亲说。妒妮露出一丝微笑，说相红说话在理。

天亮了，强老大早早敲了钟，前街到后街吆喝，东头到西头来回吆喝，说上工了、上工了，快点起床，上工了。不一会儿街上开始熙熙攘攘。街上有人来回走动了，说话的也渐渐地多了起来。当然唠叨话最多，有人说不知道薅个草也咋恁些事。说谁是啥样人，还能不知道咋着？有人说啥都不是，是看人闲了。强老大前脚走，村里的人三五成群后面跟，有的故意拉大嗓门，强比说给强老大听。十几分钟后，槐树林子里三个一拢、五个一堆，叽叽喳喳开了。说到地里看看，看看不就知道了。群众议论纷纷，都说愿意到地里看看，说看看是对的，好让群众心里有数。

朝爷和世长真把“看看”两个字看得最重，有人在朝爷背后说话，说“看看”是相红提出来的，朝爷这才另眼看待相红。虽说朝爷没有说什么，世长憋不住气了，说队长一大早吆喝上工，是让下地薅草啊？不是去地里看看呀？世长一落音，朝爷冷笑了，“嘿嘿”两下，薅草？故意把薅草两个字说得很重。

男男女女聚在大坑北边，一个一个如同淋浴的鸭子，瞪着眼。强老大只是摇晃来摇晃去，不像要上工的样子，也不带看看的样子。

队长不见要上工的意思，这一大早吆喝来弄啥？予四问。严格正说干啥依靠啥，卖啥吆喝啥，不是让薅草，就是让到地里看看，反正把群众一大早吆喝起来是有事。薅草就薅草，看就看，就这稀里糊涂男男女女一大片，一个一个不扤篮子，又不扛锄拿铲子，搁这儿听树响啊？那些妇女唠叨满腹，一个接一个说。要肉百来斤，要血一小盆，相红腰板一挺，脖子一硬，发疯似的大叫，然后低下了头。潘凤心里一惊，满脸通红，赶快吵儿子，说相红瞎说，谁和他拼命咋哩？潘凤扬起拳头就打，相红站那儿动也没动，还一个劲儿嘴硬，说说说又不犯法。相红并不顾及老娘生气，说既然点了名，真是真的，假也成真的了，光说地里草没薅净，光那一个人说不算数，把大家都叫地里，对对眼，看看，看还有哪个不服气。潘凤火了，扬起拳头，说不让他说他越说，看不打他。

逢冲十分赞赏相红这种说法，只能说相红说话在理，大家是不是到地里看看，这事儿得队委会和队长商量商量。逢冲说着话，来到强老大跟前小声对强老大说。那么至于逢冲和强老大说些什么？强老大是否同意？大概或许只有逢冲自己知道，因为没谁看见强老大表态。其实强老大并没有听清逢冲说些什么，所以没有表态，但点头了。那么，有人要问，既然强老大没有听清逢冲说些什么，为什么点头呢？因为逢冲是副队长，说“得和队长商量商量”。强老大点头是冲着逢冲一句话，逢冲说骑毛驴看账本——走着瞧。强老大这个头是为“毛驴”点的。强老大头了点，逢冲铺摆了下一步工作，村里的人等着看热闹吧！

逢冲离开强老大，走进人多的地方，说请大家注意了，逢冲说他刚才和队长初步商量，由队委会全体成员组成检查组，对各个地块庄稼田进行一次薅草后大检查，评出最差三户，看是不是冤枉昨晚点过名的那几户。逢冲把“队长”两个字说得特别响亮，特别有力，大概暗示村里的人，昨晚是队长自己的意见，今儿是群众意见，这就听天由命了。逢冲话还没有说完，人群里就爆发出奇怪的嗷嗷声。有人说早该这样了。有人说早就该这样办了。也有的人说查一查，查查不赖，说查查不赖，别冤枉好人。群众一句接一句，弄不清是谁在说话，乱糟糟、乱哄哄。

强老大如同头上浇一瓢冷水，虽说头脑还清醒，但群众这些议论他心里还是有些发慌。

自作聪明的人往往就是聪明一世糊涂一时，这突如其来一阵子，强老大醒得太迟了，想摔头也找不着硬地，只能哑巴吃黄连——有苦说不出。

逢冲为了工作才这么做，临走的时候，他说生产队干部去检查薅草，所有群众一律在这儿等着。逢冲和检查组都走了，群龙无首。剩下些脓眼芝麻糊的老头，脏不啦唧的太太媳妇，你一言他一语，一个说、一个接，你续他补，喋喋不休、有始无终。但村里的人都清楚，如果不是相红，生产队能组织检查组吗？不能。如果不是相红，大家能聚在这儿唠嗑？不能。这样说，事情前因后果，来龙去脉，一切一切功劳应该全部归于相红。功不功、劳不劳不是多大事，从一次薅草，村里的人发现相红是一个敢说敢当的人。

相红红了，不到一天工夫，无理查的人把他捧起来了。无理查的人越是高抬相红，相红越是得理不饶人，说什么当队长不能一言堂，薅草应该以维护庄稼为大业，除草保苗，让群众有饭吃，这是领导的责任，当领导说话应该直来直去，不能怕承担责任。相红说出那些话，好像有多大学问似的。那么，相红从哪儿学来这样腔怪调、咬字摆文，说书似的竟让老少爷们儿听得句句入神。但无论相红怎样招蜂引蝶、描眉画眼、指鹿为马，还是不能不瞅一瞅这林子里，瞅瞅强家那些老少。虽说强老大走了，这里还得有强家一片天。决决低着头，吭都没吭，再说了强老六也不是省油的灯。没过多大会儿，强老六听不上去了，不高兴起来，说相红，说不吭声没谁拿他当哑巴，逞不完的能？不知道自己半斤还是八两，再能还是马屁精。相红看看周围，有那么多强家人，但转眼一想，即使强家人再多，今儿也不敢统着村里人把他吃了。说强老六狗拿耗子多管闲事。相红扯大嗓门，故意让强老六听见，说强老六咸吃萝卜淡操心。强老六一听，火了，指着相红，说他光棍啥？啊，光棍啥？在无理查还临不着他相红光棍。

“你俩真要打起来，说不定哪个要吃大亏哩！”朝爷慢悠悠地依着树站起来了。世长也站起了身，看着相红说，理是讲出来的，不是打出来的。看这阵势，朝爷和世长站在相红立场上。强老六脸一下红到耳根。逢子脑瓜转得快，发现相红和他娘站一边，还有朝爷、世长。逢子很快来了精神，大发野性，说人家都说胳膊肘朝里勾不往外拐，强老大、他爹，他们都是一个槽子上的，强……哈哈哈哈……哈哈哈哈……逢子话没有说完，槐树林子里笑声就传出去了。村里人笑，逢子就没有觉着可笑的地方在哪？有人说即使逢子再往下说下去，也就那么着了，二球就是二球。其实逢子也笑了，二百五的傻样。妒妮看不上去，吵，说就他能，光端凉的，不会说话没有人拿他当哑巴。

“孩子啊孩子，老师可不教这些吧？”朝爷笑着噙着眼泪，数道逄子，说哪有把自己老人和驴比哩？朝爷这句话一下子让逄子明白过来了。这一回逄子又没能到点子上，知道糟糕透了，尴尬起来，皮笑肉不笑，缩着头，乌龟似的躲一边去了。

肖盂不是富贵人家的媳妇。但是，不富贵并不见得不是良家妇女。肖盂成了靶子，没有薅净草的靶子。

村里的人说说笑笑一阵子，似乎先前的话题都成了旧事，又重新回到薅草这件事上，有人鸣不平，说等检查结果出来，如果不是那仨人，才冤枉好人哩。有人直截了当地说谁是啥人，不检查也知道差不多。

肖盂薅那块地，草没薅净，这个结论暂且还得保留，因为只能等检查结果出来才有正确答案。不过，周围那么多宽心话，让肖盂多了几分安慰，至于结果如何也就不那么重要了。

老罗是村里公认的把式，仅仅因为肖盂这次没把草薅净，说肖盂这儿不合格，那也不中，被村里的人瞧不起，那么，强老大和逄冲的威信也会从此减掉不少。因为，老罗太老实了，太实在了，办起什么事能把心掏出来。老罗在村里操那些心并不比当干部的少：村里一草一木、一砖一瓦、一叉一埽，老罗比爱惜自家的还放在心上。如果因为老罗老实，把肖盂当泥捏，认为肖盂好欺，这以后来村里办事还能有谁再把集体利益当回事儿呢？

强老大虽然不知道逄冲玩什么花招，一时还没有反常表现，却显得十分冷静，还一边走一边翻看那个小本本，心里想，他当众宣布三个人，逄冲总不能都推翻，只要有潘凤在里头，其他两个人比板上钉钉还牢，因为强老大矛头主要就是指逄冲。逄冲不是白痴，清楚得很，说强老大也不用能，脑袋瓜子不会闲着，就他那点把戏，只有三岁小孩才做得出来，知道强老大很少当着众人面与谁发生口战。强老大就是那么个人，先搭好戏台子，先让人一个一个跳上去，然后再让这些人一点一点表现出来。这一回，戏台子是逢冲搭起来，至于谁唱戏，等着瞧好吧！

两军对垒必有胜负。薅草是生产队布置的，现在形成工作对立，至于谁胜谁负，现在可不是队长副队长说了算的，队委会说了也不能全算，得有村里的人掌握一回发言权。换句话说，那一双双眼睛就是结果。

取瑞咬住肖孟的耳朵，说世长给朝爷嘀咕话，还使眼色，一拍屁股走了，相红这才跟上去。肖孟接过取瑞的话，说世长和朝爷是故意调相红的包，让相红去听。

槐树林里人渐渐少了，显得不那么喧闹，不过，并不寂寞。人不多，议论和牢骚又都成了些家事。俗话说，家丑不可外扬。那些婆婆妈妈才不管这些，只管唠唠叨叨。有些女人唠叨男人，说自己男人就知道干，整天天干，老实吧唧。有些女人数道孩子，说人家孩子吃东西，肉都长脸上了，她孩子瘦不拉叽，光长个。好多女人总在那儿叫苦，寒酸命苦，说，嘿！就她命苦！

也有的女人想法就不一样了，不愿意做回女人，说阎王爷阎王奶奶就偏偏给她爹俺娘送她来阳家是闺女，说她要是男人多好，能吃，力气又大，一天挣十来分。那些女人，议论家里、议论地里，锅前锅后，猪狗鸡羊，表兄表弟，一个个喜一阵、忧一阵、笑一阵、恨一阵，扯来扯去最后还是薅草最重要。

朝爷和世长离开槐树林子，其实故意吸引相红，这话被取瑞说对了。当时，朝爷只是一个劲儿跟世长走，一直到出槐树林子，朝爷发现相红偷偷摸摸在身后跟，这才知道世长的用意。世长故意说强老大这个人不中，肚量小，心眼也狭隘，好像癞蛤蟆肚子上盖了大麻叶。世长腌臜强老大比屎还臭，说像他这种人，村里有几个就麻烦了，说强老大一贯好占小便宜。相红在一边听，非常舒心，听着比说书先生云来雾去闲扯还入耳。朝爷只是听，有时候还夸几句相红，说相红这个人有脑子，将来能成大器。

强家到强老大这辈算大户人家了。强老大成家立业早，不过并没有和老爹分开吃饭，这样强家人头显得特别多，形成老少不均，能吃的太能吃，不能吃的太不能吃，生产队分东西，分少了，强家那些大人也就摊不着多少了。又一次生产队菜园分萝卜，强老大就和技哥弄得不愉快。

萝卜毕竟不是麦堆，萝卜大小、重量多少由不得技哥想咋摆弄咋摆弄。原因其一，施水施肥是否一样；其二，天气冷热；这其三，土质好歹，种子优劣。萝卜大小虽说与技哥有关系，但关系并不大。强老大来到菜园子，问技哥，说他咋就没有瞅见像样的萝卜。强老大这么一问让技哥感到纳闷。技哥心想，萝卜无非就是萝卜呗，不明白强老大的话意，就说虽说个头不一样大，吃着可水灵啦。技哥这句话蹬了强老大的柴火捆。“洋糖脆，洋糖能当萝卜吃吗？看看，你看看，要人口多，还不够一人一个哩。”强老大指着脚下一堆萝卜说。原来强老大是说他人口多啊！技哥明白了，赶紧说：“队长，这一堆一堆都分好了，我去屋里给你拾几个剩下的，除了有点个头小。”技哥说着就去菜园屋里[illegible]。技哥给强老大拾了半篮子个头小的萝卜，然后盖上一些鲜草。强老大一看萝卜个头小，气就不打一处来，说盖个屁，就这东西扔大路上也不会有人看一眼，说他是队长，不是要饭的，说拿他当要饭的打发了。强老大左手拾一个小萝卜，右手捡一个大的，放到技哥面前，让技哥看看，把眼睛睁大，说技哥明明就是水平问题。强老大铁了心想给技哥找事，就是犁不着技哥，耙也得耙着技哥。

菜园子不是为强老大一家开的，只因他是队长，所以才那么理直气壮打官腔。技哥不会拍马屁，要是见了队长点头哈腰奉承几句，再把强老大弄到小屋里偷偷塞几个大萝卜，那还不啥都一了百了吗？别说几个孬萝卜，就是萝卜里钻蝗虫，强老大也会说萝卜好吃，要不萝卜里就不钻蝗虫了。俗话说狗急跳墙，兔子急了咬人。技哥被强老大吵得实在地缝难钻，就抓起一个萝卜，“咣当”砸在菜园子墙上，右脚猛一下踢飞一个，突然抬起长满老茧的右手，直直指向强老大，说五个手指头伸出来还不一般齐呢。世长在朝爷跟前把强老大说的是是非非，相红全记心里了。

老迪奶奶

世长说薅草是薅草，沤草是沤草，这是两码事，说就好比一盘棋，说强老大只认识“车马象士炮”，不懂得棋子路数。薅草主要为了庄稼通风透光长得快，沤草作底肥，强老大只管“草”，甭管是谁，甭管从哪儿弄来的草都要，至于田里长满草，没了庄稼，群众有意见，他自己也看不过去了，这才不得不采取补救办法。

“嘿！其实强老大做梦都想搞好工作，还是能力有限啊！经验不足，经验不足啊！”朝爷说强老大只不过才是个小村官，又总认为自己当多大多大的官，光研究官，总变法子研究咋能做官？咋能长生不老，不研究种地打粮，那咋中啊？

队委会干部用几个小时，费好大劲，检查啊，周转啊，复查啊，总算又回到槐树林子里来了。检查完事了，工作并没有结束。干部回到槐树林，仅从姿态上看，哪个人也不像是把工作当回事儿。看看那些人，蹲着，盘坐，吸旱烟，吸卷烟，一口接一口吸。有人一绺接一绺卷，一个一个对视，偷瞄，没谁说话，完全不像检查薅草之前那阵子。

快中午了，大粪坑北边那些妇女有些心烦，因为她们要回家做饭，就开始嚷嚷，嘟囔，说孩子都该放学了，该回家做饭了，说检查有结果就说出来，没有结果就让人家回家。有些妇女不听劝，说走就走了，强老大也不拦，也不吭声，好像没有长耳朵。副队长也不说话，队委会那些人更没有谁哇一声。妇女走得差不多了，剩下男人。那些男人都东张西望，后来也一个接一个走。方聂、杈子和逢子也走了，都屌甩甩的，并不受那些大男大女老妻老夫引惑，而是想来就来，想走就走，随便得很。三个人走路没个正道，你踢他一下，他揍你一拳，相互躲避着斗着嘴。忽然，方聂很稀罕似地对杈子说，还指着前边让杈子看。还没等杈子反应过来，方聂一眼看出来，不远处好像是薛驰回来了，还带着一个小孩，杈子这才傻愣愣站在那儿没动。说来也巧，世长、朝爷和相红迎面也碰上薛驰。就这样，几个人看见薛驰一时竟然无话可说了。薛驰毕竟是大场合上走出来的人，看见世长他们就赶忙打招呼，说："晌午了，加班才回家呀？"世长看见薛驰，好像见了鬼似的，吓得要死不活的样子，连忙说"是是是"，吞吞吐吐的。"薛驰回来了，快回家换洗换洗吧！"朝爷并不显得紧张，打着招呼。薛驰不紧不慢走了。相红看见薛驰走远了，这才问朝爷，说薛驰这趟回来，可能不走了吧？朝爷瞪了瞪相红，没有说啥，再说也不知道说啥。

世长眼看与薛驰一步一步离远。可是，在世长的感觉中又似乎与薛驰贴得很近。照理说，世家与薛家根不相连，枝不相撞，既不随风走，也不随雨行。薛家运势败落以后，日子开始倒霉。世长便端了强老大的饭碗，但是后来并没有觉得开心，日子并不好过。因为先前薛驰任队长的时候，世长在薛驰面前提过进队委会。薛驰认为世长是东说东淌、西说西流式的人物，没有同意世长进队委会。话又说回来，虽说没让世长进队委会，但世长在村里的位置并不算低，是个人物。村子里无论大小事，总让世长参与。几年里，世长参与村里的事尽管不少，但世长心里并不踏实，总觉得不是村干部，不是队委会成员。这样一来，世长心里一直就摇摆不定。世长一心一意想当官被强老大看出来了，就这样两个人一拍即合，世长上了强老大的套。强老大许了愿，世长烧香跪了拜。强老大说只要他干上队长，队委会里的职务尽世长挑，所以世长咋能不掏劲卖力死巴结活巴结强老大呢！

强老大美梦醒了，看到一个大美女站在床前，当真不当假。薛驰从队长位置上滚了下来，强老大想当无理查生产队长那还不是有朝一日的事。

世长美梦也醒了，床前也站一个大美女，张着大口，要吃他，原来是一条美女蛇。世长开始恨强老大，比恼薛驰恼得很。

尽管强老大做上队长不光彩，世长也拿强老大没有办法，所以世长只好闷着木头瓜子脑袋，破罐子破摔，天天生闷气。

薛驰越走离村子越近，世长离薛驰越来越远，就这样世长好像被一根绳子逮着，一会儿看一下薛驰，一会儿一扭头，不一会儿，世长故意咳嗽几声，双手摸着裤子钻进庄稼棵里了。

队委会那些人像神塑似的盘坐在槐树林子里闭目养神，估计脑袋瓜子都没闲着。无论怎样说强老大仍然是组织者，不过也不能说逢冲说话不算数。逢冲的心思是想通过群众眼光评个好坏出来，为今后村里工作起到推动和督促作用。喊“强老大万岁”，还是读逢冲的“圣旨”，队委会的人心里都没谱，只是都在等待和观望。村里的人左思右想、盼来等去，只听了强老大说一句话，他说谁脸上都不想长疤，然后站起身就想走。这时候老罗不急不躁、不紧不慢、松不拉叽、软绵绵地说：“队长，这锅上锅下的，大家伙全仗你张罗，你先别慌着走，也谈谈，副队长也发表发表看法。”强老大不得不停住双脚，只是暂时还没有回过头。予平杰也说话了，十分幽默，是想提醒老罗，说：“队长和副队长互相谦让，咱们这些人可不能东一榔头西一斧子地瞎胡锛呀！”逢冲眼看会开不成，就说活在那儿摆着，人在这儿等着，大家伙脑子里谁能没根弦啊！真的也假不了，坏的也能硬充好。强老大并不在乎逢冲说啥，只是瞄逢冲一眼，说承认副队长比他有工作经验，副队长为人好，说话直爽，但是看问题得一分为二，做领导的如果不能承担错误，群众怎么能接受批评呢？听强老大的话音，逢冲觉得大不对味，很快就纠正了强老大的说法。逢冲说：“今天开会是评‘问题’，不是检查自己‘错误’。”逢冲把问题和错误说得相当响，说没有错误为啥承担错误呀？决决那块地草确实没有薅净。逢冲提到决决，强老大有些不满意了，说：“副队长，看这样你是把矛头对着我来的呀？既然你副队长一个人说了就算数，为啥还召集队委会搞检查？”很显然，逢冲把决决提出来，摆到桌面上，强老大不满意。逢冲心想，看起来要免不了弄一盘了。逢冲就义正严辞说强老大，“既然不能一个人说了算，你咋要当众宣布仨妇女薅草不合格？”强老大说：“我有言在先了，是先发表自己意见。”尽管强老大怎样辩解，但毕竟是在群众大会上宣布的，而逢冲说话只是让队委会几个人听。就这样，一场检查会、讨论会、征求意见会变成了逢冲与强老大争辩会、斗嘴会、私人恩怨会。

今儿逢冲与强老大唱这出戏，无非迟早迟晚的事。俗话说，会看的看门道，不会看的看热闹，老罗说他早就把好队长和副队长的脉了。老罗说逢冲确实为村里工作着想，想把问题处理好，不想当众让任何人出丑。强老大“私”字太重，在工作问题上就知道打官腔，老罗说这出戏得让他俩唱下去，不然以后村里的工作就没有办法搞了。老罗说：“队长和副队长啊，你们俩吵嘴抬杠不能解决问题，只有大家评评议议，根据大多数意见，这才是解决问题的好办法。”老罗说的是实话，说得也对。“大家想个两全其美的办法，能不闹矛盾还是不闹矛盾。”予平杰补充说。

强老大是想就此压住，因为老婆本来就是“差”字，况且昨晚当众宣布三个人压根就没有老婆，若这会儿被评出来，强老大脸往哪儿搁啊？觉得该多丢人啊！强老大急了,骑虎难下，留，心烦意乱；走，难以脱身，想找茬，看着逢冲说：“我知道你逢冲想啥主意。”逢冲一听强老大不说人话，大为恼火，说：“强老大，我干副队长大伙抬举，咱几个搁班子恁长时间，我一心一意为村里工作，从来没有想过啥主意，也没有讲过这那，群众议论说决决根本就没有蒴草，队委会干部没谁说出来，我带一队人马检查，也无非走走过场，简单评评，队委会内部鸦雀无声算了，到头来我反而落得浑身不是，我看你是满地里跑头驴——不识好人心。”逢冲这份好心被强老大当成了驴肝肺，逢冲能回饶强老大吗？说实在的，逢冲比强老大辈分高，强老大不喊逢冲一声大叔也就算了，喊声副队长也理在其中，现在直呼逢冲大名，照这样说，强老大应该喊老爹叫强水。这不秃子头上虱子明摆着瞧不起逢冲这个副队长嘛。歪嘴和尚念出来的经也是经，只不过嘴歪着念。逢冲说话不招强老大满意，强老大也不领逢冲这份情。强老大说他不是三岁小孩，不是靠哄着过的。听强老大这么啰里啰唆并不领逢冲这份情，逢冲指着强老大说：“强老大，你放屁，别有轿子不坐，拿你当队长你是队长，不听你指挥你也干瞪眼，你强老大咋干上队长的，你自己比谁都清楚。”逢冲连骂带腌臜，让强老大地缝难钻。“我问问，我问问我强老大当队长咋啦，关你逢冲屁事，我干队长是公社党委、是县里决定的，你逢冲有这个能力吗？你能领导这几百口人吗？你有这个才吗？”强老大往逢冲跟前直蹦。逢冲吐一口吐沫，背转身，后退两步，恶狠狠盯住强老大说：“才、才，你有蠢材，呸！”

世长钻进庄稼棵，朝爷知道世长是溜了，是世长想去见薛驰，朝爷是从世长的眼神和动作上看出来的，猜到世长与薛驰有不平凡的暗中来往。所以世长一时小聪明没能把朝爷瞒住。

薛驰一走进大坑南沿，就听见村子西头高一声低一声喊，还非常刺耳。薛驰本来是想从大坑东边绕道村外再进村，以便减少村里的人注意，然后去马棚，可是刚一抹脚，发现后边跟来一个人。

世长也听见槐树林子那边传来不小的声音，知道槐树林子里发生了争吵，世长就赶快往村子西边走，不再追薛驰了。

方聂他们三个人正悠闲着刚出村，隐隐听见村子西头高一声低一声，以为发生了什么事，都东张西望静心听一阵子，也都赶回村里去了。

逢冲和强老大吵得很凶，如同斗红眼的牛、惹火了的鸡，互不相让。

村里的人再没谁把家当回事儿了，即使灶锅着着火，孩子哭闹着，有的啥也不顾了，往槐树林子里凑，那慌慌张张的样子，阵势挺大，比队长敲钟吆喝上工快多了，比分东西赶来的还及时，就那两口烟工夫，槐树林子里又挤满了人。因为是官与官争斗，村里没谁插嘴，当然，这其中也包括逢老二、逢老六，逢家老老少少和强家老老少少。逢冲和强老大争吵实在惊心动魄，是村里有史以来官与官交战最为强盛的一次。逢冲与强老大争斗，虽是官与官之间争斗但也并非那么简单。逢强两家都是人头优势，门户大，况且现在又都是官场上的人物，可以这么说，好比两根木桩，无论周围风沙多大，雨雪多大，没有谁在乎那些。

毕竟是工作上的事，队委会干部都闭口不言，因为都不知道说些什么。林子里的人也罢，林子外的人也罢，虽有笑声笑脸，也有人透出担忧，不是光为队长和副队长。看逢强两家局势的发展，有那种自不量力的兆头，给人一种后怕、悲鸣的感觉。但就在这时候，有人喊说老迪奶奶死了。老迪奶奶死了，这突如其来的一桩事外事，让村里的人感到真的意外。

是薛驰背着包，神色慌张，扯着单科，站在村西头一片高地上大喊，说老迪奶奶死了！薛驰知道，只有站在这高处的喊声，才能压倒槐树林子里的吵声。

老迪奶奶死了，村里人感到意外，薛驰突然出现，村里人发出难以想象的惊讶。有人说薛驰回来了！有人说老队长回来了！更多的人发出疑问，说薛驰啥时候回来的？

逆境中的薛驰，身陷囹圄还一直想着那些贫穷的人、无依无靠的人。薛驰一进村，当还尘土未弹就急匆匆先赶到老迪奶奶一间小土屋里。说起老迪奶奶的小土屋，一点不假，土得不能再土了，房顶前坡秸秆被鸡爪挠掉不少，一块一块露着天，太阳能射向屋里每一个角落，南墙几经雨水淋湿，大块大块脱落。小土屋里只有一个睡觉的地方，就是说只能容下一个小床，紧靠东山墙放着。小床用麦秸、豆秸和玉米秆铺成，说是床，倒不如说一片草铺。老迪奶奶只能南北躺下。床两头竖两根棍子，一根横棍连着两根竖棍，这样一来，那些干碎的麦秸和豆秸也就被堵着不至于撒满屋。老迪奶奶一年四季就睡这张床。床南头垒一蹲泥巴块，紧挨门口右侧。泥巴块上面放一盏煤油灯。右侧不远有一个暗红色坛子，是便坛。紧挨后墙有一张木桌，灰中透红，乌蒙蒙的桌子上摆一个八角香斗，这会儿斗里什么也没有。桌子紧挨后墙两条腿沤得矮了半尺多，桌子好像悬在半空。

老迪奶奶的手冰凉冰凉，被子一角沾在便坛子里，一块干裂的红薯面窝窝滚落在手下不远。猛然间薛驰觉得小土屋里冷飕飕的。薛驰颤动着双手，把老迪奶奶僵硬的左手轻轻放进被窝里。薛驰真想把心中的火爆发出来，可是，没有用，再说，这个火冲谁发呢？又有谁在乎呢？现在的眼前只是一片黑暗，薛驰的头呜呜作响，他说他没有资格吆五喝六，村里的人不会听他使唤，包括强老大和逢冲。薛驰不得不采取压制暴躁的脾气，尽量保持清醒冷静的头脑，站在村子西头一片高地大声喊叫。其实，薛驰的喊声也证明不了老迪奶奶的死有什么惊天动地，却为强老大与逢冲的交战做了了结。

天还没有亮就沥沥下雨，似乎老天爷在为老迪奶奶的死悲哀。逢冲从昨天下午到今天早上一直都忙得不了。早饭已经过了好久，逢冲还在一边忙活一边左顾右看，因为总是不见强老大来。强老大是队长，这些事应该由他铺摆，所以逢冲感到有些棘手。逢冲说要按往常，甭管自己村，也甭管周围那些村庄，遇到婚丧嫁娶，也见过不少，现在临到他自己问事，还真感到手忙脚乱，有点紧张。逢冲不但东奔西跑招呼人，还要挨家挨户找东西，确实忙得马不停蹄。

老迪奶奶的院子太窄太小了，只能撑起来一个十几平方米的“弹花薄”。要说“弹花薄”，这是无理查家家都有的物件。弹花薄是用高粱秆编织的，一般用作晒棉花，如果有谁家有红白事，“弹花薄”就派上用场了，既可以遮遮太阳又能遮遮雨水。现在老迪奶奶死了，“弹花薄”就撑在老迪奶奶小土屋门前。弹花薄离地面大约百来余厘米的样子。沤断两条腿的桌子用两根棍子缠着，摆在小屋门前。桌子上放着的那个八角香斗，里面填有半斗新鲜的草木灰。香斗里有三炷香。桌子下摆放一块足有八斤重的砖块，老迪奶奶那盏油灯就放在上面。紧挨油灯不远，南边铺一层厚厚的豆秸，最多不过两米见方。

在村子里，老迪奶奶没有亲人了，为老迪奶奶如此陈列摆设主要应付她的娘家人和老迪奶奶的侄妹、姨兄姨妹以及近亲。

快晌午了强老大才冒出来，结果一耸肩站在老迪奶奶小土屋门前，乌嘟着脸，官老爷似的，装模作样瞄了四周，看看几个糟老头子和那些简单摆设，又看了迎客榜示以及招待客人的厨房。没有烧水供茶的人，周围没有一张座椅，这里所有的一切，在强老大看来，觉得不像办丧事，更不是婚庆大典。强老大突然出现，让逢冲有点生气，因为强老大毕竟是队长。逢冲还是忍了，咽了，因为这是老迪奶奶的丧事。虽然说逢冲忍了，朝爷憋了一肚子话，说强老大是一村之长，一大上午都不露面，万一老迪奶奶娘家那些七大兄弟八大侄、小姑外甥童子童孙来了，问老迪奶奶啥时候死的，他们这些人咋说？他们咋回答？强老大被朝爷问得哑口无言，张口结舌，面红耳赤。强老大站了有十几分钟，然后公社来两个人，说检查老迪奶奶的尸体，怀疑老迪奶奶的死另有隐情。

村里人听说公社来人了，是为老迪奶奶死来的，很快把老迪奶奶的小院围起来了。公社来的两个人，说验老迪奶奶的尸体，态度还非常坚决，这下可蹬了逢冲的柴火捆，把逢冲气得够呛。逢冲说就那么一个八九十岁的老婆婆，还能被人暗算？暗算老迪奶奶图她啥呀？逢冲说验尸也中，咋着也得等老迪奶奶娘家人来，只要她娘家的人来了，同意了，他没二话说。

公社来的两个人真不招人喜欢呀！严山大眼一瞪说他认识这两个人，叫薛驰去喂马，不就是这俩家伙搞的鬼吗？“看面相就不是好家伙，奸臣。”老罗故意把嗓门放得高高的，说只要这俩货来无理查，无理查保准没有好事，再说有好事也轮不着无理查。逢子指着公社来的两个人，大笑，说矮家伙脸像大南瓜，耳朵比麻叶还大，嘴右半边圆，左半边尖，看就不像好人。圆琴说高个子不是人脸，她家老母猪下八窝猪娃，也比高个子齐整。本来老迪奶奶的死是一桩丧事，结果被公社两个干部搅成大笑话了。

薛驰毕竟是村里操办老迪奶奶丧事的主管，见两个干部为老迪奶奶的死而来，就不得不应酬几句。薛驰看着逢冲，说：“逢队长，那个同志……”薛驰刚开口说矮个子，结果又把话收回去了，问身边的那个高个子，“我有没有资格称鬼干事为同志啊？”薛驰故意问高个子。鬼干事瞅了薛驰，又转过脸盯住逢冲，并没有说话。薛驰正准备介绍高个子，这时候逢子插话了，逢子说他见过这个人，上次来说你不是当官的料，逢子指了指薛驰，然后又说，他说让你养马，指着高个子，还说你管不了百来号人……指着薛驰说。逢子不仅抢薛驰的话，还一大串一大串往外端，让公社来的两个干部要多尴尬有多尴尬。逢冲看逢子的话说完了，这才开始吵，说大人说话哪有小孩子家插的嘴。逢子愣那儿了，老迪奶奶的小院里又鸦雀无声了。大概也只有这样的气氛才配得上办丧事吧！薛驰只管保持冷静，对逢冲说，说他是办事员，指了指姓整的，又说他原来在县委组织部工作，现在承包这儿的东北片。逢子一听薛驰说这话，就意识到他们的官变小了，说两个这么大的官，咋也变小哇，当乌龟呀？逢子说罢撒腿就跑。

公社干部来无理查，做梦也没有想到会骑虎难下，可是话又说回来，这次与上次形成如此大的反差，问题出在什么地方呢?

无理查村有一种风俗，如果人死了，上边既有爹娘又有爷奶的，那么，死者从死日算起不能超过三天必须入土为安，因为上有老人健在。如果人死了，上无爹娘爷奶，下子孙满堂，死者可以三天后入土为安，这样做主要让死者魂魄达到长寿传世于下辈。如果人死了，上无长辈、下无子孙，一般说即死即埋。老迪奶奶毕竟上无牵下无挂，经队委会全体成员同意，其中包括强老大的意见，第二天举行葬奠。现在无理查队委会不让公社干部验老迪奶奶的尸体，无疑与公社干部形成对抗。所以公社干部说他们是代表党委政府来的，也是无理查干部建议和要求他们来的，再说也是对五保户的重视。逢冲听见公社干部说验老迪奶奶尸体是无理查干部要求他们来的，就赶快解释，说生产队干部并没有让公社来验老迪奶奶的尸体。“你们生产队干部不去公社，我们怎么会知道老迪奶奶死呢？再说了，你们不去反映，我们怎么会想到验尸？”鬼干事说。鬼干事这么一问，在场的那些人无不气愤交加，恼羞成怒，说这种坏良心的事也干得出来，以后一定断子绝孙。

老迪奶奶娘家人来了，是过了晌午以后，来不少人，男男女女。娘家人扤着香、炮、纸和供品，脸色都显得极其沉闷，带着愤怒。其中一位老者脚还没有站稳，就开门见山地说想跟队长说几句话。老迪奶奶的娘家人来，想见一见队长，这倒提醒了村里的人。

“耶！这就奇了怪了，强老大哪去了？”

“刚刚才还在呢？”

这时候，村里的人都在瞅强老大，互相发出疑问，都说奇怪，就眨眼工夫，说强老大咋没影了！

毕竟还是薛驰经验丰富啊，偷偷对逢冲说，说老迪奶奶娘家人想见强老大，那可万万不能。这两个人要求验尸，就是为无理查找难堪，无理查难堪倒事小，今后强老大可就完蛋了。薛驰说得为大局着想，拦住不让老迪奶奶娘家人见强老大。

“强老大这家伙真够狡猾的，见公社干部就溜了。”予平杰说，没啥疑问了，公社这两个人就是强老大叫来的，强老大前脚回来，那两个人就跟来了。老罗说强老大不傻，回来就先跟逢冲打招呼，又跟村里忙活的人说话，原来心里有鬼呀？这家伙咋恁混蛋呀？

老迪奶奶娘家人有位五十多岁的长者，头上缠着白纱，心情显得特别沉郁和伤感，向公社干部说，说他姑能活到现在，多亏公社党委政府，多亏生产队干部和老少四邻。那位长者说：“说实在的，不是薛驰、严格正这些干部，恐怕俺姑的筋沤断也不会有人知道。不是薛驰老队长心里还装着五保户，就是公社不验尸，俺姑也腐烂得开肠破肚了。”老迪奶奶娘家人不同意验尸，鬼和整也不能硬勉强。只能在灵棚下鞠了躬，这大概是最后的、也是唯一的办法了。鬼和整带着十分关切的语气嘱咐逢冲，说逢冲一定要把生产队工作抓好。

雨停了，很快风和日丽。尽管阳光普照，毕竟老迪奶奶已经死了。

村里的人越来越清楚，假如把一个道德败坏的人比喻成腐烂变质的狗肉，当熏着方圆，让人寝食不安，不能入睡，令人作呕，这时候人们才会认为，那虽然是来自一条好的狗的肉，由于时间太久，一定不要食用。如果以为原本那是一条好的狗，把肉吃进肚子里，但再想彻底吐出来，腐烂变质的狗肉早已将毒素传遍全身了。

逢冲和薛驰只管指挥，张罗老迪奶奶的丧事。村里老少爷们也很有秩序地忙活不停。毕竟是老迪奶奶和这村里的人生活、工作、劳动、相处了几十年，村里的人还是有着牵肠挂肚的思念。只是那些十来岁孩子，无忧无虑的好像什么事都没有发生，什么都没有看到，尽管来往撺弄。他们人人手里握一杆“枪”，东躲西藏，嚷嚷着、嗷嗷着，无休无止地折腾。

小胖咋咋呼呼，说驮子、柱柱他们四个一组，他和单科一组。组分好了，接下来就是猛劲地撵。驮子被小胖撵得无处藏身。柱柱一会儿跳大坑，一会儿上土堆，又是爬树，大喊大叫。驮子不认输，端着“枪”，嘴里嘟嘟着发出激烈的响声。小胖拼命往上冲。尽管驮子、柱柱嘟嘟得嘴里冒着白沫，小胖和单科还一个劲儿往上冲，一个比一个不怕死。单科终于冲了上去，驮子吓得连滚带爬丢了“山头”。柱柱也吓跑了，丢了“阵地”，只因跑得太猛，一连几个滚，嘴啃了地皮，弄得满身泥。驮子不得不跑，因为小胖在后边穷追不舍。小胖嘴里还“啪啪”连着响。驮子被撵得无处藏身，只好爬上一棵弯柳树。

贯贯爬上另一棵树，正得意，被母亲美花发现了。美花大骂，说：“贯贯，咋不爬天上去呀！”天霞也看见儿子了，碰面就吵，话音还没落，村里大男大女就笑声不止了。

吉吉爬上一棵榆树，这时候，几十双眼睛又投了过去。逢老大吓坏了，眼看吉吉越往上沿，一会儿到了树顶，又不敢骂又不得不骂，说他娘的，摔死他算了。

树上那些孩子，浑身都被树叶挂得湿淋淋的。尽管爹娘都忍不住吆喝着骂，但孩子的玩心并没有减。逢老大最先来到树下。吉吉见老爹来了，顺东南延伸的嫩树杈，猴子似的，树下那些人都止住了笑，绷着脸，提心吊胆，生怕吉吉发生意外。这时候逢老大的老婆攀门看见了，也不知道吉吉现在是啥情况，冲着逢老大大嚷大叫，说甭吓着孩子。

儿子不肯下来，天霞也吵，说：“为后他爹，你还管不管，为后还是不是你亲儿子？”天霞一句话村里的人又一阵大笑。为后看见爹娘没有往树下来，胆子大起来，抓着树枝哗哗摇动不停。为后一个劲儿地在摇动树枝，大概严格正是没有办法了，笑不像笑、哭不像哭的样子，说让孩子练练胆子没哪儿不好。天霞生气了，说谁家哪有这样教孩子练胆子呀？——小后，下来，小后，下来，快下来，听娘的话，啊，下来娘煮鸡蛋吃。儿的身连着娘的筋，天霞急得不知咋样是好，终于还是说服了儿子。天霞高举着两手，扎着搂抱为后的架势，说慢点，啊，慢点慢点，一点一点往下滑，一点一点从树上下来。

逢世和为后一般大，比小胖和柱柱小。逢世玩得正开心，也东躲西藏几生几死，跳坑、爬树、上土堆，一会儿也舍不得闲着。逢世的爹娘也是又吵又骂嫌儿子不听话。逢世被爹娘说服了，小胖和单科再没有“竞争”的对手了。

“进财，进财，跑啥跑？是我！我是你大爷，跑啥？”强老大一直躲避在老迪奶奶土屋后的矮墙下。强老大看见进财，喜出望外，赶忙招呼进财，让进财过来。进财一看是强老大，“呀！”得惊了一下，还没等反应过来，就被强老大按住了。“进财，进财，我问你，公社两个人走没走？”强老大捧着进财的头问。进才吃力着摇了摇头，说不知道。强老大又问，说单科他爹还在那不在？进财又摇了摇头。强老大无论如何是想从进财嘴里得到一些他想得到的消息，就又问进财，说死老婆子的亲戚有说啥没有？进财瞪着眼看强老大。强老大啥消息也没有得到，一会儿问烦了，说进财，你个小混蛋，老二咋养他这个混蛋，就知道吃饭屙屎放屁，滚他的吧！

强老大蹲在老迪奶奶屋后很大一阵子了。虽是在老迪奶奶屋后，只不过那是一片没有住户的荒地，周围长满野草。强老大藏在茂密草丛里。尽管强老大非常聪明，还是没能了解到院里一些情况，因为老迪奶奶厚厚的土屋，街上人来人往，乱七八糟的杂音，强老大只能一无所获。在那种情况下无意中揪住自己的侄子进财，蛮想能从自己侄子那儿得到一些消息，结果还是一场空。这时候强老大不得不进行一番构思和美好想象，说老迪奶奶娘家人来，必定免不了一场折腾，加上公社干部，官大一级压死人，不把逢冲搞得身败名裂，也会人仰马翻，昏头转向，坐卧不安。强老大在草丛里，侧着耳朵认真听，静心听，可是呢，尽管憋足气，攒足劲，做贼似的，还是没能如愿。

强老大刚把侄子进财撵走，突然，矮墙边小胡同里“嘭嘭”传来几声脚响，强老大吓得魂不守舍，乌龟似的又很快缩回了老窝。强老大缩回身，姿势全变了，双手扣土墙，右侧身，屈膝，左脚尖紧贴臭粪坑污水。算强老大藏得快，过路的正是逢冲，不然要是被逢冲看见，强老大那脸就不叫脸了，成老榆树皮了。

老迪奶奶尸体入棺后，公社干部就走了。这时候，逢老二、严格正、相红和技哥各自从家里拿来一条绳。权子、予平杰、逢老六和薛驰各自扛来一根六七尺长、十几厘米粗的棍子。抬棺用料基本备齐，逢冲觉得还是人手不足，趁回家换衣服又在后街吆喝几声。强老大由于一时躲躲闪闪最终还是吓得不轻，抓鸡不成反抛把米，到头来自己给自己过不去。老迪奶奶死算是无理查的大事，到现在队长还不来，咋弄呀？予四一边搓绳一边问逢冲。逢冲怎么说，又能怎么说呢？逢冲说队长天天日理万机，哪能用得着这些人操他的心。强老六听出他们这些人说话的话音，就问大嫂子决决，说大哥不在不太合适吧？决决说天不明队委会几个人就叫他，那时候他大哥早起床了，决决说她还以为张罗老迪奶奶丧事，所以她也不知道他大哥去哪儿了。不过决决看了看强老六，又瞄了瞄逢冲。决决说逢冲说他大哥日理万机，兴许逢冲知道。强老六来到逢冲跟前，逢冲并没有等强老六开口，就不假思索，说他不知道，他不知道队长去了哪儿。逢冲正气得要死，忙里又忙外，早想把强老大揪出来，倒要看看强老大的心是不是肉长的，是泥捏的还是铁打的，不知道强老大个王八蛋钻啥鳖窝里了。

强老六毕竟把强老大挂在心上了，因为眼看老迪奶奶那些娘家人都坐卧不安的样子。强老六来到泱泱跟前，说："大嫂子，我说出来你别生气，老迪奶奶娘家人来之前，我大哥回来过，一打猫又走了，公社干部给老迪奶奶验尸，就是我大哥让来的。"泱泱一听公社干部给老迪奶奶验尸就是她男人让来的，泱泱脸气紫了，说他个乌龟王八蛋，她非撕吃他不中！强老六知道嫂子生气，也是故意让嫂子生气才这么问的。泱泱不死心，丢开强老六，统村里那些老少爷们儿去问强老二，说："老二，你说，你说说你哥到底去哪儿了？"强老二摸不着大小头，他说："我咋能知道俺哥去哪儿了？"强老二说他不知道。泱泱又反问一句，说："你哥去哪儿，你咋会不知道？"就泱泱这句反问，充分证明泱泱够聪明的，不愧为强家大嫂子。因为泱泱那么一嚷嚷，恰恰说明强家兄弟关系非同寻常。

事物就这样，不管一个人有多大能耐，多少计谋，说出来给人听一听，受点刺激。站在那儿一直忙活，昌于说话了，他说队长能去哪儿？不在这儿守着，去坟场了呗！"去坟场？嘿嘿！"逢冲嘿嘿冷笑，说恐怕去官场了吧！

强老大到底去了哪儿，没谁知道。坟场也罢，官场也罢，逢冲和薛驰心里有数。逢冲盘算，不就因为薅草芝麻大小事，强老大也犯不着搅得昏天黑地吧？不知道他心眼咋恁小。

薛驰只管忙活，不吭声，但心里有谱。薛驰想，人一旦倒霉，称四两小盐也生蛆，任凭强老大再咋横，再咋折腾，薛驰说他就是两袖清风的老百姓，只要还没有被开除党籍，只要还是无理查村社员，无理查就得给他分粮分菜。

强老大心歹就歹在这儿，也承认不如别人，又恨别人比他强。强老大和逢冲搁班子，明明知道姜是老的辣，但不服输。强老大当队长有些时间了，根本不知道老迪奶奶咋活着，现在老迪奶奶死了，强老大心里反倒不平衡，这事儿终归还是恼薛驰，因为薛驰先知道的呀，干脆从公社搬人，验尸，找找逢冲和薛驰的难堪。

薛驰断定老迪奶奶是饿死的，时间不算长，最多两天，薛驰找遍老迪奶奶小屋每一个角落，只发现滚在油灯下半块干裂的红薯面窝窝，再没有发现别的可吃的东西。屋里没有一滴水，一只空碗像洗过了好几遍，很显然被狗舔过，因为院子里踩满了狗脚印。薛驰只是把老迪奶奶左手往被窝里塞了塞，其余再没有挪动屋里任何一样东西。

料理老迪奶奶丧事理应强老大主管，因为强老大是队长。逢冲大包大揽忙忙碌碌十几个小时，虽没有惊天动地，总算把事情办了。逢冲跑前跑后，找人找物，不但给老迪奶奶娘家人报丧、解释，还要为老迪奶奶亲戚门上报信。说来说去逢冲信了强老大一句话，强老大找逢冲的时候，说逢冲生产队的工作还得有人管。当时逢冲并没有明白强老大的话意，葫芦里卖的啥药，是一部分人忙活生产队工作由他负责，逢冲办理老迪奶奶丧事，还是队长有重要事把村里一切交给逢冲。天一大亮，强老大无踪无影。逢冲上了当，就琢磨，他不能再藏起来了，办就办吧！只好连袜子带鞋一起跳了进去。逢冲毕竟缺乏办事经验，名义上是办事主管，却对老迪奶奶的丧事理不出头绪，只好把薛驰搬出来。

缺花和取瑞给老迪奶奶净身更换衣服，果然没有超出薛驰所料。老迪奶奶皮包骨头露青筋，至少六七天没有下过床。缺花和取瑞说老迪奶奶被窝粘有屎沫，暖干了。所以能让薛驰亲眼看到的只是那盏油灯，灯里没有一滴油，连灯芯都锈了头；尿坛里没有一滴尿水，尽管被子一角掉在尿坛里，其实并没有尿水。强老大是公社党委政府信任的队长，在无理查村发生这样的事情，是党委政府用人不当，还是强老大失职？眼下至少薛驰没有资格发言。

当时，公社干部说给老迪奶奶验尸，薛驰对逢冲说那无非是死人，验验尸就是给活着的人找找难堪，人与人产生点怨恨，这是上面的一贯手法。薛驰说谁让他发现老迪奶奶死了，要是倒霉也是他该倒霉。

村里的人七言八语，说三道四，幸亏老迪奶奶没被验尸，要不然指不定谁倒霉呢。真到那一步，待老迪奶奶开了肠、破了肚，肚子里连根菜叶也没有，一粒饭也没有，薛驰和逢冲用得着想象吗？

薛驰不是往自个是好是坏想的，仅老迪奶奶饿死这个理由，完全可以一推六二五，装作啥都不知道，他想的无理查村的百姓和干部队伍。薛驰说公社干部真真假假那么胡搅蛮缠验尸，老迪奶奶娘家人不拦。逢冲撒手不管，气愤之下再不干了，那不糟糕透顶啊。老迪奶奶娘家人总不会扛着锨，抬着棺掩埋开了肠破了肚的亲人吧？队长躲起来，副队长撂挑子不干，队委会干部没哪个傻瓜充英雄好汉，充当红脸汉子。所以，村里的人只能把老迪奶奶的尸体抛尸小土屋，腐烂变质。这么一来，强老大即使藏进老鼠洞，老迪奶奶娘家人也会把他挖出来，不割他的肉吃，也扒他一层皮。薛驰是党员，当过官，知道官场门道，所以不仅为无理查村着想，同时也为自己着想。薛驰说现在的干部，啥耶！让谁做官谁就有官料，让谁蹲监狱谁就犯了罪，甭看老迪奶奶的死与他扯不上一丁点关系，要硬往他头上盖，他也躲不掉。薛驰说现在官场不纯洁，不能说有些事是政府让做的，只能说政府领导的那些腐败分子没有为百姓做好工作，才出这些事。

老迪奶奶死了，强老大还是有感觉，觉得村里人躲着他，背后斜视他，骂他，责备他。强老大天天昏昏沉沉、阴死阳活的，过去那种凶悍、刻薄、刁尖狡猾没有了。村里有人说，死了老迪奶奶，也死了强老大一条歹心。十几天后，公社召开生产队长会议，特意通知让逢冲参加。就这样，强老大这个队长被无声无息停了，罢了官。从这点来讲，强老大不得不承认，他在公社党委政府眼里真不如薛驰。薛驰下台的时候，惊动方圆，无人不晓，男男女女，老老少少，沸沸扬扬，议论不断，整个无理查村如同房子塌了顶，棚子散了架，车胎没了气，牛马断了脚，庄稼没人种，生产队没人管。强老大算个啥？啥也不啥，偷偷让逢冲补了缺，村里工作照常进行。

逢冲任生产队长，村里人虽不那么拍手叫好，对他所做的工作有目共睹。但是，不到半年，却接二连三出事。村里推荐老罗的儿子上大学，被公社卡住了。朝爷的儿子董才，市场上买粉条，被工商所查收了，还定了投机倒把罪名。薛驰还是没有躲掉老迪奶奶是“不明不白”死亡这一灾，被关了起来。就数昌于大吉大利，维明进了大城市读书。

天有不测风云，人有旦夕祸福。逢冲历尽周折，几次往返公社，终于弄清发生这些事情的来龙去脉。逢冲左思右想几天几夜，咋也没有想到，竟然还是强老大捣的鬼。狗改不了吃屎。逢冲说强老大到底是啥人哩？是狗的祖宗传世、永远喂不熟呢，还是猫的精液里嫌贫爱富？要不然他就是狼的心、虎的心、猪的心、鸡的心、老鼠的心、蚂蚁的心，畜生的综合血统……总之，强老大满肚子是心，只要强老大在，村里就不会安宁，不会太平。逢冲研究、诅咒强老大唯实太晚，有些多余，因为，现在逢冲只能应付由强老大引来即将爆炸的各种突发事件了。

逢冲任生产队长，虽招来一些方面的攻击，毕竟是强老大一人所为，逢冲与薛驰的挫折相比还是天上地下。薛驰真正是磨难中的人，忠诚老实，一心想的人民群众利益，想的国家利益，对社会有特殊贡献，只因意志太刚强，态度太坚决，才被连年运动、批斗弄得翻不起身，成为运动中的靶子，导致重重灾难。

强老大式的人物恰恰顺应了历史潮流，与某些干部勾搭在一起，任意损坏政府组织的形象，整治好干部，像他这样的人如同变色龙，手中握着适应潮流的黑枪，左右扳机，搅得社会稀里哗啦，人心惶惶，鸡犬不宁。

任何一个时代或在任何一个时代起跑线上都会出现不同类型的人物或代理人物，以及那些为主子做出牺牲走狗式的人物。不少人站在起跑线上为他们张嘴，有人咒骂，有人遐思，有人希望成功，也有人发恨。总之，形形色色，他们的所作所为在社会或时代上立起一面面镜子，不然心理学家分析什么，哲学家拿什么判断，小说家哪儿拥有写作素材，公安警察会失业，世界上没有战争，黑夜没有拼杀，世界人民一律平等，地区不相互抵触，人与人之间不存在差异。所以，必须得有强老大这些阴险人物，时时刻刻跟在马屁股后头，最讨一些干部喜欢。

官场上强老大是帮子派，商场上属金钱派，家祖史上纯属姓氏派。强老大做事名义上仗义派，实际黑白两道，地方上不少干部就喜欢像他这样的人。上面袒护着，强老大怕什么，该吃吃，该喝喝，该拿拿，一个平头百姓拥有公社级干部的待遇。

无理查好端端的村子，出了强老大，上面管事儿的顺着他摆小旗，整了这个整那个，村子乌烟瘴气，人心惶惶，毁才县人民政府、县委不知道？不知道是假的，无非被薅了一根头发，怀里揣着明白装糊涂罢了，区区无理查……强老大在政府史册上算人物，在无理查群众心目中狗也不如。

强老大和薛驰斗，和逢冲斗，不能算大本事，不算多大的关系网。严山说是无理查这儿穷，都是些地地道道的乡巴佬。说强老大在穷窝子里暗藏杀机算不得本事，只能说窝里横。无论谁说强老大有本事,老罗都不会赞成,老罗说强老大有本事？有球本事，就他那点本事恶心人！让他走出去试试，他敢抱着书记小姨子睡觉？敢搂书记老婆上床？看他那点能耐！“听说鬼干事有个漂亮女人，要不强老大弄来，弄来生个大胖小子，再不然，再不然把局长人头搬搬家，那才叫本事，他才承认强老大有本事。”昌于说。要是强老大真有本事，赶明有一天挨枪子儿了，他相叔第一个给强老大上上香，磕响头。昌于说真到那一步强老大就拽了，老老少少会伸出大拇指，说强老大有种。予四说以前看强老大有两把刷子，现在连人也不算了，人人恨，不是好东西。强老大在无理查成了人物，成了彻头彻尾的大坏蛋、大狗熊。强老大成了坏人，强老大的那些后台也终于遭到了报应。书记第三个老婆刚怀了种，结果没有兜住风。包片整干部倒霉了，第六个情人又流了产。局长遭大难了，二十年前，西天如来佛祖阴家名册注了他儿子的名字，二十年里,只要他儿子做尽一百件恶事,就有大难。上界查证九十九件，他儿子因喝酒说漏了嘴，杀了人以后用钱栽赃陷害别人。如来恼怒，把他儿子开的那辆公安警车推进五指山下，车毁人亡。

善有善报，恶有恶报，不是不报，而是时辰未到。如果毁才县村村寨寨都有像强老大这样的人物，当官的还愁不被老百姓骂娘？毁才县出这么多事，充分暴露起用人才的制度。他们用人只是交替安排，穿插帮助，即使毁掉各方面人才也毫不可惜。就这么说吧，如果人才来自商界，而一旦埋没，人才可能贫穷一生。如果人才来自政界，人才可能一生不得施展。如果人才来自文界，人才将会用手中的笔把无数官员的名望、名利、金钱、地位、庞大的官场、撑天的后台给毁掉。毁才县、稀雪爬梯乡被弄到这步田地，都是强老大的功劳，强老大成了他们的祖师爷。虽说强老大不再为官，但仍然是地里的“蝗虫”，最起码倚仗所谓后台的官，倚仗强家人头多。强老大人头多不言而喻，逢冲比不了，这是强老大原来做官的优势。

逢冲不憨不傻，当队长后就只一个“干”字，领着群众干。

六十年代逢家失火，逢冲在脑子里一直存着，想答报村里人的大恩大德，只是力不从心，现在当上了队长，几个月来接二连三出事，想想看，他心里不会干净，所以，吃不下饭，睡不好觉啊！

致 谢

本书的出版得到了李臣堂（文青）、李建民（小勇）的大力支持与经济资助，借此机会，向他们表示衷心的感谢。

李献堂